星海社
FICTIONS

少年名探偵 虹北恭助の冒険
フランス陽炎村事件 新装版

はやみねかおる

Illustration／kappe

星海社

Illustration　kappe
Book Design　Veia
Font Direction　紺野慎一＋三本絵理

少年名探偵

虹北恭助の冒険

フランス陽炎村事件

新装版

はやみねかおる

登場人物

野《の》村《むら》響《きょう》子《こ》

高校一年生。
家は虹北商店街のケーキ屋さん「野村ケーキ店」。
恭助とは幼馴染み。
あまりにも長く帰ってこない恭助に対する気持ちは、
「早く帰ってきてほしい」から
「帰ってきたら、ぶん殴る」に変わりつつある。

虹《こう》北《ほく》恭《きょう》助《すけ》

家は虹北商店街の古書店「虹北堂」。
商店街で起こる謎を立ち所に解決してしまう
推理力の持ち主で、魔術師《マジシャン》とも呼ばれている。
中学にも高校にも進学せず、黒猫のナイトと一緒に
海外を旅している。

ミリリットル真《しん》衛《え》門《もん》

フランスの片田舎にある
陽炎村の陽炎城に住まう没落貴族、
ミリリットル家の長男。
剣術に優れている。

ミリリットル美《み》絵《え》留《る》

ミリリットル家の長女。
恭助を狙っている。

ミリリットル巧《たく》之《み》介《のすけ》

ミリリットル家の次男。
陽炎城の地下に引きこもっている。

目次

今まで「赤い夢」を見せてくださった
推理作家のみなさまに――。

世界は、完成されねばならない。
それは、神から与《あた》えられた崇高《すうこう》な使命とも言えるだろう。
与えられたのは、誰《だれ》か？
もちろん、それは神に選ばれた者――わたしだ。

OPENING

むかしむかし

十五世紀の半《なか》ば――。かつて、天才と呼ばれた男がいた。

小柄《こがら》で痩《や》せた体。妙《みょう》に大きい頭部。そして、なんでも見通してしまうような灰色の目。

男は家を持たなかった。

「この地球が、おれの家だ」

そう言って、男は世界中を放浪《ほうろう》した。

持ち物は、愛用の歯ブラシだけ。

歩くのに疲《つか》れたら休み、眠《ねむ》くなったらどこででも寝《ね》た。

食べ物は、出会った人から恵《めぐ》んでもらう。その礼に、男は各地で聞いた珍《めずら》しい話をしたり、自分で作った歌を贈《おく》ったりした。

「目的地はあるのか？」

男は、様々な国の様々な人から、同じ質問を何度もされた。

そのたびに、男は答えた。

「わからない」

あるとき、男はフランス東南部の小さな村に着いた。

ナンカゴ村――別名、陽炎村《かげろうむら》。その名前が示すとおり、高い山の麓《ふもと》に、ひっそりとある村だった。

陽炎村を治める領主の名は、ムスティック。

ムスティックは、その残忍《ざんにん》な性格と異常《いじょう》な嗜好《しこう》で、恐《おそ》れられていた。

打ち負かした他国の軍人百名を、大釜《おおがま》を作らせ一度に煮殺《にころ》したりした。村一番の大木に、死体を鈴《すず》なりに吊《つる》し、眺《なが》めては酒を飲み楽しんだ。

ムスティックは、いつも鎧 甲《よろいかぶと》を身につけていた。戦いのない平時のときでも、脱《ぬ》ぐことは無かった。

彼は、銀色に輝《かがや》く甲冑《かっちゅう》の中に、小心な気持ちを隠《かく》していた。

自分以外、誰も信じることができない。それが、何よりムスティックの小心さを表していた。

そんなムスティックが、男の噂《うわさ》を聞き、興 味《きょうみ》を持った。

「世界中を旅して、多くの知識《ちしき》を持ってるそうだな」

ムスティックが、兜《かぶと》の前部——面頬《めんぽお》を上げて、男を見る。

「…………」

男は答えない。

ムスティックを前にしても、男には何の変化も無い。

——所詮《しょせん》、百年もすれば、この男も土に還《かえ》る。

男の目が、そう言っていた。

そんなことを気にせず、ムスティックは男に話しかける。

「単刀直入《たんとうちょくにゅう》に訊《き》こう。おまえの知識の中に、永遠の幸せを得る方法はあるか？」

〝永遠〟という言葉を聞き、男はムスティックを見た。

兜の中に、ガマガエルのような顔が見える。腫《は》れぼったい目だけがギラギラしたムスティック。

――長く見ていると、気分が悪くなる顔だな。

男は、吐《は》き気を我慢《がまん》して言った。

「この世に、永遠は無い。宇宙《うちゅう》にも寿命《じゅみょう》がある。永遠があるのは――」

そこまで言って、男は言葉を切った。

――どうせ言っても、この男には理解できないだろう。話す必要はない。

ムスティックは、男が口を開くのを待った。

しかし、何も話さない男に、ムスティックは興味を失った。

「知らないのなら、用はない。村を出て行け」

ムスティックは、野良犬《のらいぬ》を追い払《はら》うように手を振《ふ》った。

男が訊く。

「なんのために、永遠の幸せを手に入れたいんだ？　領民のためか？」

すると、ムスティックは、首をひねった。男が異国の言葉を話したのではないかと思ったのだ。

しかし、言葉の意味を理解したとき、ムスティックは腹をかかえて笑った。

「領民のため？　なぜ、奴《やつ》らに、永遠の幸せを与えなければならないんだ？」

「………」

「永遠の幸せは、わたしのような神に選ばれた者にこそ、ふさわしいとは思わないか？　領民には、もったいない」

「………」

「いや、ちょっと待てよ。わたしが永遠の幸せを手にすれば、領民も幸せになる。それは、領民のためと言えるな」

ムスティックの話を聞いて、男は思い出した。

権力を持った人間の勘違《かんちが》い、思い上がり、醜《みにく》さ。どこの国にも、ムスティックのような人間はいた。

男は、そういう腐《くさ》った臭《にお》いのする人間が嫌《きら》いだった。

こういう人間の臭いは、止めなければならない。そう、永遠に――。

男は、ムスティックに言った。

「わかった。おまえに、〝永遠〟を与えてやろう」

〝永遠〟とだけ、男は言った。その中身が幸せになるか苦しみになるかは、ムスティック次第《しだい》――男の灰色の目が、そう言っていた。

男は、ムスティックに言った。

「この村に、宝を残してやろう」

ムスティックが訊く。

「その宝が、おまえの言う〝永遠〟なのか？」

「そうだ」

うなずいた男は、説明を始めた。

深層心理《しんそうしんり》、シンメトリーの法則、情報伝達、人間原理、クォークと素粒子《そりゅうし》、催眠《さいみん》――。

男の言葉には、異国の言葉も交じる上、その当時には発見されていない概念《がいねん》も含まれていたので、ムスティックには全《まった》く理解できなかった。

ただ、宝を守れば、永遠の幸せを手に入れることができる。ムスティックは、そう思った。

男は、ムスティックが大きな勘違いをしているのに気づいていたが、あえて正そうとはしなかった。

頬《ほお》に、奇妙な笑みを浮かべると、男は言った。

「では、宝を残すための準備をしようか」

「準備？」

「そうだ。おれが残す宝は、とてつもない価値を持っている。この村に宝があるという話を知った者は、なんとかして宝を手に入れようとするだろう。そいつらから、宝を守る準備だ」

そして、男は村の水路を整備した。

村には、多くの地下道があった。山からの雪解け水《ゆきど》が、岩盤《がんばん》を削《けず》り出来上がったものだ。

男は、その地下道のいくつかを水路として利用した。

また、男は今まであった礼拝堂《れいはいどう》を壊《こわ》し、新しいものを建てた。

男は、他の国でも城や要塞《ようさい》を造《つく》っていたので、礼拝堂を設計し建てる技術を持っていた。

「なぜ、礼拝堂を新しくするんだ？」

神を信じていないムスティックにとって、礼拝堂など、邪魔《じゃま》なものでしかなかった。

男が答える。

「この礼拝堂に宝を隠す。そして、地下には納骨堂《のうこつどう》を作ってある。死後、おまえはそこで眠れ」

「ちょっと待て。わたしは死ぬのか？　わたしの命は、永遠なんじゃないのか？」

「そうだ。肉体は滅《ほろ》んでも、おまえは永遠に滅ぶことはない」

男は微笑《ほほえ》んだ。

「あとおまえに〝術《じゅつ》〟を教えてやろう。どのように使うかは、おまえしだいだ」

「術？　――それは、妖術《ようじゅつ》か？」

その質問に、また男は微笑んだ。

どれだけ説明しても、お前には理解できない。――男の笑顔が、そう言っていた。

村人は、宝を村に残すという男に、訊いた。

「その宝は、おれたちを幸せにしてくれるのか?」

男は、冷たく答えた。

「さぁな」

それが男の本心だった。村人の幸せも、ムスティックの幸せも、男にとっては関係ないことだった。

足下《あしもと》に蟻《あり》がいる。その蟻が幸せになろうが不幸になろうが、人間にとって関係ない。

第一、蟻の幸せって、何だ?

それ以前に、足下に蟻がいても気づく人間など、ほとんどいないだろう。

男は、そう思っていた。

村人たちが言った。

「礼拝堂を新しくするより、ムスティックを追い出す方法を考えてくれ」

「あいつは、ひどい領主だ」

「敵《てき》も味方も関係ない。ムスティックは、命を弄《もてあそ》んで、楽しんでる」

そんな文句を、男は黙《だま》って聞いていた。

そして、指を一本伸《の》ばすと質問した。

「なぜ、おまえたちは戦わない?」

すると、村人たちは怯《おび》えた声で言った。

「そんな怖《こわ》いことができるか!」

怖いこと?

男には、理解できなかった。

こいつらは、何が怖いんだ? 何を怯えてるんだ?

死ぬことか? ——こいつらは、死ぬことが一番怖いのか? それ以上に、怖いことはないのか?

どれだけ考えても、男には理解できなかった。

男は、ムスティックのような醜い権力者が嫌いだった。

しかし、それと同じくらい——いや、それ以上に、そのような醜い権力者に自ら弓を引こうとしない民衆《みんしゅう》も嫌いだった。

「おれたちは、幸せになれるのか?」

そう訊く村人に、男は鼻で笑った。

誰かに用意してもらった幸せなど、陽炎よりも儚《はかな》いものだということを、男は知っていた。

「幸せになりたいのなら、考えろ」

水路の整備が終わり、礼拝堂が完成して、男が村を離《はな》れるときがきた。

「いろいろ世話になったな」

ムスティックが、男に言った。

しかし、その言い方に感謝の気持ちは込められていない。

用は済《す》んだ。とっとと消えろ――そんな気持ちが感じられる言い方だった。

「…………」

男は、ムスティックに歯ブラシを渡《わた》した。

「なんだ、これは？」

そう訊くムスティックに、男は顔をしかめて言った。

「歯を磨《みが》け。おまえの口は臭《くさ》い」

それが、男がムスティックに言った最後の言葉だった。

その後、男が陽炎村に現れたという記録は、残っていない。


男が去ってから数年が過ぎ、ムスティックが病気で死んだ。

なぜ自分が病気になったのか？　なぜ自分が死ぬのか？

ムスティックは考えた。

男は、自分に妖術を教えてくれた。あれは、不老不死の術ではなかったのか……。

自分には永遠の命があるんじゃないのか……なのに――。

最期の最期まで、ムスティックは見苦しく足掻《あが》いた。

『安らかな死』――その言葉から、最も遠い死を、ムスティックは迎《むか》えた。

甲冑から出されたムスティックの遺体は、棺《ひつぎ》に納《おさ》められ礼拝堂の地下に置かれた。

ムスティックの死後、陽炎村では怪奇《かいき》な事件が頻繁《ひんぱん》に起こった。

不死人《ふしにん》と呼ばれる魔物の出現。村の人たちは、死にきれないムスティックが彷徨《さまよ》っていると考えた。

また、村の多くの人が、命を吸われたかのように、原因不明の死を遂《と》げた。

不死人が現れるのも、村人が原因不明で死ぬのも、決まって夜だった。

村人は、夜を恐れた。日没後《にちぼつご》、家の外を歩く者はいなくなった。

しかし、それらの怪死や怪現象より、村人が恐れるものがあった。

〝ムスティックの夢〟――それを、村人はムスティックの夢と呼んだ。

ムスティックの夢とは何か？　その説明を、村人に求めても無駄《むだ》である。

それまで、どれだけ親しく話していたとしても、ムスティックという言葉を口にした途《と》端《たん》、村の人は姿《すがた》を消すだろう。

はっきりしているのは、ムスティックの夢が、現在も村を支配しているということだ。

怪死や怪現象は、十九世紀末にムスティックの子孫――ムスティック十五世が死んでからは、無くなった。

男と、それらの事件に関連性があったかは、誰も知らない。


（『世界に残る伝説・奇《き》譚《たん》：「フランス編」』より一部抜粋《ばっすい》）

わたしは、読んでいた本を閉じる。

この話――小学生の頃《ころ》も、読んだことがある。

そのときは、救いようのない奇妙な話だと思った。

村に来た男が、旅の経験で得た知識や技術で、村人を苦しめていたムスティックを懲《こ》らしめる。そして、ムスティックが改心して、村の人たちは末永く幸せに暮らしました。――こういうパターンになるのが、普通じゃない？

なのに、なんだかな……。

小学生の時に読んだ本を、高校一年生になった今、読み返した。それでも、感想が変わってない。

それも、なんだかな……。

わたしは、重い本を書架《しょか》に戻《もど》す。

この本を選んだのは、背表紙の『フランス』という文字が目に入ったから。そして、中をパラパラしたら、昔に読んだ話に出逢《であ》ったってわけ。

ブルッと体が震《ふる》える。

下校時刻《じこく》が過ぎ、ただでさえ寒い図書室には、司書の先生が一人残っているだけ。

わたしは、マフラーを首に巻《ま》き付け、カバンを持った。

学校の外に出ると、空にはたくさんの星が輝いていた。

手に息を吹《ふ》きかける。

ほぅ……。

その感じが、溜息《ためいき》にそっくりなことに、わたしは驚《おどろ》く。

幼馴染《おさななじ》みの恭助《きょうすけ》がフランスから手紙を寄越《よこ》したのは、秋と言うより、まだ夏の終わりと言った方がピッタリした頃。

それ以降、恭助から手紙は来てない。

——今頃、恭助はどこにいるんだろう。

わたしは、空を見上げて考える。

イギリス……？　いや寒いのに北へ行くのはきついわね。

暖《あたた》かいところを求めて、地中海《ちちゅうかい》の方へ行ったんじゃないかな。

星を見ながら、家への道を急ぐ。


そう、このときは、想像もしなかった。

まさか、まだ恭助がフランス——それも、今読んだ本に出てきた陽炎村にいるなんて……。

そして、わたしまで村で起こる怪事件に巻き込まれるとは——。

〝ムスティックの夢〟に支配された村。
密室《みっしつ》状態の地下納骨堂で動く棺、歩く悪魔の木。
村を彷徨い歩く甲冑の人物は、甦《よみがえ》ったムスティックなのか？
道は崩《くず》され、村は孤立《こりつ》する。
そして、わたしと恭助は、〝ムスティックの夢〟に直面する。
まるで、B級ホラー映画の中に、放り込まれたような感覚。

……でも、陽炎村の話をするまえに、わたしが日本を脱出《だっしゅつ》してフランスへ行く話をしなきゃね。

第一幕

日本編

01　うちの名探偵《めいたんてい》、知りませんか？

閑古鳥《かんこどり》：生息地、虹北《こうほく》商店街。何代にもわたり繁殖《はんしょく》した結果、すでに商店街のシンボルになりつつある。

「フケーキ、フケーキ」と鳴き、巣作りする。飼い主は貧乏神《びんぼうがみ》という説もある。

——というわけで、不景気《ふけいき》です。

でも、わたしは生まれたときから「不景気、不景気」と言われてきたから、あまり気にならない。だって、景気がいいときを知らないから。

それに、うちの商店街だけじゃなく、日本中が不景気なんだもん。気にしたってしょうがない。

ほら、お腹《なか》がすいてるとき隣《となり》でラーメン食べられたら辛《つら》いけど、周《まわ》りに食べる物がなかったら、あまり辛くないでしょ。——そんな感じ？

わたしの名前は、野村響子《のむらきょうこ》。花の高校一年生。

家はケーキ屋さんで、お父さんは商店街振興会《しんこうかい》の会長をしている。

わたしと違って、好景気の時期を知ってるお父さんは、なんとか昔の活気を取り戻そうと、いろんな企画を考える。そして、そのつど失敗する。

この間も、三日ばかり考えた結果、

「好景気と高《こう》ケーキ。……似《に》ている」

ボソッと呟《つぶや》いた。

そして、

「高ケーキを食べて好景気を迎えよう！」

と、高ケーキ販売キャンペーンを始めた。

わたしは、お父さんに訊いた。

「高ケーキって、どんなケーキなの？」

「そりゃ、高額で高カロリーのケーキに決まってる」

「…………」

キャンペーンを始める前に、止めるべきだった。

高額で高カロリーのケーキなんか、誰が買うのよ！

書くまでもないかもしれないが、キャンペーンは大失敗し、落ち込むお父さんの周りを閑古鳥が盛大に飛び回った。

「仕方ないよ。今は、全国的に不景気なんだもん。ケーキ屋さんが一軒《けん》だけ頑張《がんば》っても、どうにもならないよ。景気が良くて、みんなの気持ちに余裕《よゆう》があったら、『高ケーキ』も飛ぶように売れたって！」

〝仕方ない〟とは言ったものの、もう少しお父さんに常識とかセンスというようなものがあったら、大失敗まではいかなかったような気がする。でも、そんな真実を言えば、お父さんは傷《きず》つくし……。

だから、あくまでもキャンペーン大失敗の原因は、不景気のせいにする。

ここまで気を遣《つか》って慰《なぐさ》めてあげてるわたしに、お父さんは、ビシッと指を突《つ》きつける。

「おまえには、この不景気を憂《うれ》う気持ちはないのか。そんなことじゃ、次代の虹北商店街に、明るい未来はやってこない！」

憂う気持ちか……。

わたしだって、高校一年生の乙女《おとめ》だ。日々、たくさんのことを、〝憂っちゃってる〟。

もっとも、不景気を憂えてるわけじゃないけどね。

わたしの幼馴染み——虹北《こうほく》恭助について説明しよう。

恭助はわたしと同い年で、家は古本屋の虹北堂《こうほくどう》だ。でも、学校に関する共通の思い出は、ほとんどない。なぜなら、恭助は小学校に行ってなかったからだ。いわゆる、不登校児童ってやつね。

小学生の頃は、恭助を学校に引っ張り出そうと、いろいろ考えた。

なのに恭助は、

「学校へ行かなくても、虹北堂《こ　こ》には、あらゆる知識があるよ」

そう言って、飼い猫のナイトと一緒に虹北堂で本を読み続けた。

「でも、学校に来たら、友達と遊べるよ」

「うーん……」

恭助は、テレビ番組やゲームの話題が苦手だ。話を合わせるだけの社交性は持ってるのだが、クラスの友達と話してるときの恭助は、なんだかつらそう。

努力して普通の小学生を演じてるように、わたしには見えた。

クラスメイトも、無理に恭助を学校へ引っ張り出そうとはしなかった。

学校に来なくても、恭助は恭助。それが、わたしたちの見方だった。

それに、中学生になったら学校に来るんじゃないかという淡《あわ》い期待も、わたしにはあった。

なのに、この恭助《バカ》は、いきなり外国へ行ってしまった。

「探し物があるんだ」

まったく理解できない動機を口にして旅立つ恭助。盆《ぼん》と正月には帰ってくるように約束させるのが、精一杯《せいいっぱい》だった。

そういや、恭《きょう》じいちゃんが言ってたけど、名探偵は事件を解決すると、その場所から旅立たないといけないって法則があるんだって。そして、恭助は、その法則を信じてるって。

恭助は、自分の周りで起こるたくさんの事件を解決してきた。だから、最後の事件を解決して、旅立ったんじゃないかって——。

まさかね……。

旅に出て約三年半が過ぎた。お正月には、わりと帰ってくるのだが、お盆に帰ってくることは少なかった。

「ぼくは、覆水《ふくすい》だからね」

という寒い言い訳《わけ》をする恭助。

最後に帰ってきたのは、中三の冬。わたしは、ちょうど受験勉強で忙《いそが》しいとき。

気楽に外国を旅してる恭助がうらやましかった。

そして春になり、わたしは高校生になった。

M川の桜を見に（本当は、わたしの制服姿を見に）、恭助が帰ってくるような気がしたが、帰ってこない。

お盆になっても、覆水恭助は帰ってこない。

夏休みが終わった頃、フランスから葉書《はがき》が来て、生きてることだけはわかった。

そして、時間は流れ、体育祭や学園祭も片づき、二学期末試験も通過していこうとしてる現在——恭助が正月に帰ってくるかどうかはわからない。

まったく、困《こま》ったもんだ。

わたしの気持ちが、〝早く帰ってきてほしい〟から、〝帰ってきたら、ぶん殴《なぐ》る〟に変わっていってるのに気づいてるんだろうか？

あともう一つ、恭助について書いておかなければいけないことがある。

『魔術師《マジシャン》』――それが、恭助の異名。

いろんな不思議な事件を、パッと見ただけで解決してしまう。それは、マジシャンが一瞬《いっしゅん》でステッキを花束に変えるみたいな、鮮《あざ》やかさ。

小学生の時も、駄菓子屋《だがしや》にお菓子が増える事件や、心霊写真《しんれい》の謎《なぞ》を解いている。

そんなふうに事件を解決できるくせに、わたしの気持ちをわかってはくれない。

外国で、妙な事件に巻き込まれてなかったらいいんだけどね……。

そう考えたら、なんだか不安になった。恭助は、事件に巻き込まれやすい体質してるからね。

困ったことになって、泣いてたりしないでしょうね。

学校帰りに虹北堂へ寄る。学園祭や期末試験でパタパタしていて、二週間くらい顔を出してない。

虹北堂は、木造の小さな古本屋さん。

第二次世界大戦後、虹北商店街は、この虹北堂を中心に大きくなっていった。

まわりのお店が改装しても、虹北堂は昔のまんま。『古色蒼然《こしょくそうぜん》』という衣装をまとってる。それはまるで、公園のベンチで日なたぼっこする老婦人のようだ。

わたしは、戸を開けて中に入る。

「ああ、響子ちゃん。いらっしゃい。テストも終わったし、そろそろ来る頃だと思ってたよ」

店番をしていた恭じいちゃんが、わたしを見て言った。

虹北恭一郎《きょういちろう》――恭じいちゃんは、恭助のおじいちゃん。

恭じいちゃんと恭助は、そっくりだ。恭助の赤い長髪《ちょうはつ》を銀色に変え、シワを増やしたら、恭じいちゃんになる。ときどき、内緒で帰国した恭助が、わたしを驚かすために変装してるんじゃないかと疑うくらいだ。

わたしは、〝店に来たのは恭助のことが気になってるからじゃないからね〟ということを見せるために、哲学書《てつがくしょ》の棚《たな》に向かう。

あれ、棚の目立つところに『**世界に残る伝説・奇譚：「フランス編」**』が置いてある。

すっごい偶然《ぐうぜん》！

わたしは、伸ばしかけた手を止める。いかん、いかん。そんなことしたら、恭助が気になってると気づかれてしまう。なんといっても、相手は魔術師《マジシャン》の祖父《ジッチャン》だもんね。

わたしは、澄《す》まし顔を作ると、

「今年も、あと半月で終わりね」

重い本を棚から抜《ぬ》き出し、開く。

細かい文字がぎっしり詰《つ》まったページを読むけど、わけがわかんない。

ページに視線を落としたまま、恭じいちゃんに訊いた。

「クリスマスケーキどうする？　なんなら、うちの店に予約を入れとこうか？」

「遠慮《えんりょ》するよ。小さなケーキでも、一人で食べるには大きすぎる。おせち料理も、一人分だと作る気がしないしな」

……なるほど。今の言い方でわかった。

恭助は、今度の正月に帰ってこないんだ。

――って、ここでストップ！

どうして恭じいちゃんは、恭助が帰ってこないって断言《だんげん》できるの？

わたしは、恭じいちゃんを見る。

恭じいちゃんの細い目が、さらに細くなる。まるで、魚を盗《ぬす》むのに成功して喜んでる猫《ねこ》みたい。

恭じいちゃんの口が開いた。

「十日くらい前に、あいつから手紙が来たんだ。今年の正月は、帰れないってな」

何もない空中で、恭じいちゃんが手を振った。指先に現れるエアメール。

わたしは、平静を装《よそお》う。でも、哲学書を足の上に落としてしまったから、動揺《どうよう》してるって思われたかな……？

痛《いた》む足を引きずってレジの所に行く。

「手紙が来てること、どうしてすぐに教えてくれなかったの？」

「言おうと思ったよ。でも、響子ちゃんが恭助のことは気になってないって振りを一生懸《けん》命《めい》してたからね。その邪魔をしちゃ悪いかな、って――」

なるほど、見抜かれていたか……。さすが、『魔術師の祖父《マジシャンジッチャン》』。

わたしは、恭じいちゃんの手からエアメールを受け取って、中を見る。

前略《ぜんりゃく》。

お盆に帰らず、ごめんなさい。

今度の正月も、帰れそうにありません。

実は、まだフランスにいます。ここしばらくは、陽炎村《かげろうむら》という村に滞在《たいざい》してます。

その村で、ちょっとばかり、ややこしい事に巻き込まれてます。

日本も寒いでしょうが、風邪《かぜ》などひかないでください。

草々。

恭じいちゃんへ。

虹北恭助

追伸《ついしん》

ナイトも元気です。

とっても素《そ》っ気《け》ない手紙。

本当に、素っ気ない！　わたしのことは、一行も書いてないって、どういうことよ！

ショックで手紙を握《にぎ》りつぶしそうになるのを我慢し、恭じいちゃんに訊く。

「これだけ？」

うなずく恭じいちゃん。

うなだれる、わたし。

それにしても、まだフランスにいるってどういうこと？

わたしは、手紙の文字を見る。

陽炎村……。どこかで見たような気がする。どこだっけ……。

必死で、記憶《きおく》の引き出しを掻き回す。そして、引き出しの隅《すみ》っこにあった〝放課後の図書室〟という言葉で思い出した。

そうだ、さっき図書室で読んでた本に書いてあった村だ！

またまた、すごい偶然！　こういうの、なんていうんだっけ？

わたしは、恭じいちゃんに訊いた。

「こういうの、シンクロナイズドスイミングって言うんだっけ？」

「同時性のことを言いたいのなら、シンクロニシティだよ」

そう、シンクロニシティだ！

図書館で陽炎村のことを読んだ日に、恭助から来ていた手紙が、陽炎村からのもの……。

うん、これは運命だ。恭助がいる陽炎村に、わたしは行かなければならない。

それは、運命なんだ！

手紙の文字が甦る。——〝ちょっとばかり、ややこしい事件に巻き込まれてます〟。

恭助……。

いつもいつも、一人で平気って顔してた。学校に誘《さそ》っても、一人でいるのがいいって言ってた。

でも、本当は寂《さみ》しがり屋なんだってこと、わたしは知っている。

絶対、自分から助けを求めたりしない恭助。その恭助が、ややこしい事件に巻き込まれてるって書くなんて、よっぽど困ってるんじゃないだろうか……。

うん、決めた！

なにがなんでも、フランスへ行ってやる。そして恭助に会って、直接「お盆と正月には帰るって約束したのに、どうして帰ってこないのよ！」と文句言ってやるんだ。おそらく、右の必殺ブローを出すことになるだろうが、それは恭助の自業自得《じごうじとく》ってやつ。

そして、本当に困ってて、「お願いします、助けてください」って頭を下げたら、ちょっとぐらい手助けしてあげる。

その後は……その後は、恭助を連れて帰ってこよう。

もう、こんな気持ちで待ってるのは、耐《た》えられない。

よし、目指せフランス！

でも、こんなことを誰にも知られたらいけない。女子高生の一人旅、おまけに行き先は異国。知られたら、止められるのは目に見えている。

それに、旅費。フランスへ行くのって、どれくらいかかるの？

あと、陽炎村ってどこにあるの？　っていうか、フランスが世界のどのへんにあるのかも、よくわからない。イギリスと海を挟《はさ》んで向かい合ってることは知ってるし、ヨーロッパのどこかだってことは、想像できるんだけどね。（フッ、今の女子高生の知識なんて、こんなものよ）

考え込んでしまったわたしの前に、恭じいちゃんがプリントアウトした紙を見せる。

横文字が、ノタノタと波打ってる。英語……いや、英語なら、わたしも少しは読める。これ、英語じゃない。

それ以上に目を引いたのが、紙の中央部の写真。

恭助だ！

黒いマントを着て赤い髪《かみ》の恭助。少し、背が伸びてる。

背景は、石造りの街。うん、絶対に日本じゃないって景色。（いや、リトルワールドとか志摩《ま》スペイン村とかなら、ありかも……）

恭助は、なんだか複雑な表情。「笑って、笑って」とカメラマンに言われて、無理に笑顔を作ってる感じ。

そして、その原因ではないかと思わせるのが、恭助の肩《かた》に親しげに手を回し、満面の笑みでVサインを出す長身の男。

――誰、この人？

男の人と恭助が並《なら》んで写ってるのを見ると、能天気《のうてんき》な兄と根暗《ねくら》な弟を思わせる。

わたしは、いろいろ説明してもらおうと思って、恭じいちゃんを見た。

「フランスの地方紙だよ。ネットで検索《けんさく》してみたんだ。そうしたら、エクス＝レ＝バンで大道芸人をしてる日本人とフランス人のコンビがいるという記事があってな――」

「…………」

「年末まで、エクス＝レ＝バンの広場で芸を披露《ひろう》する予定と書いてある」

えくす＝れ＝ばん……。初めて聞く地名だ。でも、フランスの地図を調べれば、場所は特定できるだろう。

うん、手がかりは揃《そろ》ってきたわ。

わたしは一つ咳払《せきばら》いして、紙を丁寧《ていねい》に畳《たた》み、制服のポケットに入れた。紙を受け取ろうと伸ばされた、恭じいちゃんの手は無視する。

「恭助、元気そうで良かったね。――じゃあ、わたし帰るね」

去ろうとするわたしの背中に、恭じいちゃんが言った。

「恭助に会ったら、来年の盆には帰ってくるように伝えておくれ」

……『魔術師《マジシャン》の祖父《ジッチャン》』に、隠し事はできない。

『フランスへ行きたいけど、フランスは遠い』という当たり前のことを、誰かが昔に言った。

部屋のベッドに胡座《あぐら》をかいたわたしは、考える。

目の前に、紺色《こんいろ》の表紙のパスポート。夏休み、母と姉に韓国《かんこく》へ連れて行かれたときに、つくったものだ。

あと、フランスの地図。陽炎村は載《の》ってなかったけど、エクス＝レ＝バンは、ちゃんと載ってた。

わたしは知らなかったけど、エクス＝レ＝バンって、ブルジェ湖《こ》とかいう湖のそばにある有名な温泉保養地《おんせんほようち》だ——そうだ。ブルジェ湖は、形が琵琶湖《びわこ》に似てなくもない。つまり、恭助は琵琶湖のそばの温泉街で大道芸人をやってるってことだろう。

うん、イメージしやすい。

地図の隣に、旅行会社でもらってきたパンフレットを置いた。表紙には、エッフェル塔《とう》やワインのボトルの写真と、たくさん0のついた金額。

フランスへ行くのって、こんなにお金がかかるんだ……。

パンフレットの向こうには、粉々になった貯金箱と小銭《こぜに》の山、通帳《つうちょう》、数枚の紙幣《しへい》。——わたしの全財産だ。

計算してみた結果、今の財産では、飛行場まで往復《おうふく》するのが精一杯だということがわかった。

それに、必要なのは旅費だけじゃない。フランスへ行って、すぐに恭助に会えるとは限らない。それまでの間の宿代、食費、交通費、あと友達へのお土産代《みやげだい》……。たくさんのお金がいる。

「ふぅ……」

迷《まよ》っていても仕方ない。わたしは、自分の部屋から階下におりて、厨房《ちゅうぼう》にいるお父さんに声を掛《か》ける。

お父さんは、来たるクリスマス用の新ケーキを開発してるところだった。

「冬休みに旅行へ行こうと思うんだけど、旅費を少し出してほしいな」

わたしは、お父さんに背後《はいご》から近づき、必殺〝猫なで声〟で言った。

お父さんは、基本的に娘《むすめ》に甘《あま》い。わたしの頼《たの》みは、たいてい聞いてくれる。

案の定、手にした生《なま》クリームよりも甘い顔で、わたしを見た。

「いくらいるんだ?」

金額を聞いたお父さんが、心臓《しんぞう》のあたりを押《お》さえる。

「あまりショックを与えないでくれ。この財政難のとき、そんな金額を出せるわけないだろう」

お父さんは、基本的に娘に甘いんだけど、そこは商売人。お金のことになると、実にシビアだ。

まるで、無理な予算案をはねつける政治家のような口調で、わたしの猫なで声を却下《きゃっか》した。

「金がいるのなら、冬休みにバイトしなさい。うちで働くのなら、バイト代をはずむぞ」

お父さんが、商売人の口《く》調《ちょう》で言った。

わたしは、頭の中で計算する。

フランス渡航費用÷冬休みのバイト≒三十四。つまり、冬休みのバイトだけで費用を貯《た》めようとしたら、約三十四年かかるわけ。ということは、フランスへ行けるのは五十歳《さい》くらい……。

それでは遅《おそ》すぎる。

さぁ、どうしよう。

考え込んでしまったわたしに、お父さんが訊く。

「旅行って、どこへ行くんだ？」

「…………」

わたしは、口を閉ざす。

「フランスか？」

びっくり！　どうして知ってるの？

驚いてるわたしに、お父さんが言う。

「恭一郎さんが来てな。恭助君がフランスにいるって教えてくれたよ」

「…………」

「会いにいきたいんだろ」

誤魔化《ごまか》しても仕方ない。わたしは、黙ってうなずく。

「そうか……」

それだけ言うと、お父さんは、わたしに背を向けた。

広い背中が、会話を拒絶してるのを感じる。

お父さんの気持ちは、なんとなくわかる。

わたしが恭助を好きなこと、お父さんは知っている。それに、恭助がとってもいい奴だということも。

フランスまで会いに行きたいという、わたしの気持ちも、よくわかってくれてると思う。

そして、会いに行かせてやりたいという甘い父親の思いと、行かせたくないという男親の思い。

お父さんも、難しい年頃なんだ……。

うん、これ以上お父さんを困らせたら、また妙なケーキを開発しそうで怖い。

フランス行きに関して、お父さんを巻き込まない方がいい。そう判断して、黙って出て行こうとしたとき、壁《かべ》に貼《は》られたポスターが見えた。

虹北商店街歳末大売り出しのポスターだ。その隅っこに、福引きの案内が書いてある。決して大きくない文字なんだけど、『**特等！　フランス・パリ六日間の旅**』というゴシック体が目に飛び込んできた。

「お父さん……この特等の景品、フランス旅行じゃない！　どうして、こんなに豪華《ごうか》景品なの！」

するとお父さんは胸《むね》を張って言った。

「お父さんが提案《ていあん》して、振興会の会議で決めたんだ。恭一郎さんも、アドバイスしてくれたしな」

そういや、一週間くらい前の夜、役員さんたちが集まって話し合いをしていた。あれ、振興会の会議だったんだ。

「不景気だからといって、景品をショボくすると、ますます気分が滅入《めい》ってしまうからな。こんなときこそ、派手な景品でお客さんに喜んでもらわないといけない。――立派な考え方だろ」

わたしは、大きくうなずく。

お父さん、グッジョブ！

図書館で読んだ本、恭助からの手紙、特等フランス旅行の福引き――なんというシンクロナイズドスイミング！

「ポスターを貼って、もう五日になるのに、響子は気づかなかったのか？」

うん、気づかなかった。

ポスターの日付を見ると、福引きは三日前から始まっていたことになる。今まで見てたかもしれないけど、そのときは、フランスなんて興味なかったからね。気づかなくても当然だ。

でも、今のわたしは違う！

福引きを引いて特等を取らなければならない！　それが、運命。

運命には、誰も逆《さか》らうことができないのよ！

わたしは、お父さんに言う。

「この特等、わたしがもらうわ！」

「なんだ、特等取って、恭助君に会いに行くつもりなのか」

微笑むお父さん。

わたしが小さい頃、「大きくなったら、お父さんのお嫁《よめ》さんになる」って言うたびに、こんな微笑み方したっけ。

わたしのことを、できないことをできるって信じてる小さな子供《こども》のように思ってるのだろう。

フッ、甘く見ないでね。女の一念《いちねん》岩をも通すのよ！

特等のフランス旅行、わたしがいただきましょう！

そのためには、確認《かくにん》しとかないとね。

「商店街の関係者でも、福引きしてもいいのよね？」

「ああ。虹北商店街で買い物すれば、響子だって立派なお客だ。福引きする権利はある」

「特等取っても、辞退《じたい》しなくていいんだよね？」

「もちろん！」

お父さんが胸を張った。

あれ?

このとき、わたしは少し不思議に思った。

お父さんの性格からして、

「福引きは、あくまでも商店街を訪《おとず》れてくれるお客様のためのもの。商店街関係者が景品を取るのは好ましくない。まして響子は、振興会会長の娘。その響子が特等を取ったら、世間に顔向けができない。辞退するのが筋《すじ》だろう」

って言うと思ったのに……。

心配するわたしに、お父さんが親指をグッと突き出した。

「まぁ、無理とは思うが、頑張ってくれ。ぐっどらっく!」

うーん……どうしちゃったんだろう?

あまりの不景気に、おかしくなっちゃったのかな?

02　宇宙刑事《けいじ》エクスレバン

家を出たわたしは、喫茶店『FADE IN《フェイドイン》』へ向かう。

福引きをするためには、福引き券を三枚手に入れなければならない。その券は、お買いあげ二百円ごとに一枚もらえる。

つまり、一回福引きをするために、六百円買い物をしないといけないということになる。

うーむ、六百円か……。

仮に十回福引きをしようと思ったら、六千円――これは、キツイ。それに、十回引いても、特等が出るとも限らない。

いや、弱気になってはいけない！

わたしが特等を取るのは、運命なんだ。絶対に、特等は取れる。信じなくては！

でもなぁ……。最近、テストのヤマも外《はず》れてばかりだし、運命を信じても大丈夫なのかな……。

うーん……。

「なに考えてるの、響子ちゃん」

注文したアメリカンコーヒーを、アルバイトの由美子《ゆみこ》さんが持ってきてくれた。

「ちょっと、運命論と確率論の関係性について」

わたしは、適当なことを言って誤魔化す。

「そうなの。今の高校生は、難しい勉強してるのね」

そう言うけど、由美子さんは、大学院でもっと難しい勉強をしている。

才色兼備《さいしょくけんび》という言葉をリアル３Ｄで表現すると、由美子さんのような女性になる。

「いつもはレモンスカッシュなのに、今日はアメリカンなのね」

銀のトレイを持った由美子さん。

レモンスカッシュの値段は三百八十円だけど、アメリカンコーヒーは二百円だからね。

おまけのピーナッツが入った小皿とコーヒーカップが、テーブルに並ぶ。

わたしは、由美子さんに訊いた。

「ねえ、福引きの特等がフランス旅行って知ってる？」

すると、由美子さんは少し驚いたような顔をして言った。

「ええ……そうらしいわね」

「わたし、特等狙《ねら》ってるんだけど、当たるかな？」

無邪気《むじゃき》に訊くわたしに、由美子さんは、困ったような口調になる。

「そうねぇ。確率的には無理でしょうね」

やっぱりそう思うよね。

ということは、地道にバイトして旅費を稼《かせ》がないといけなくなる。

わたしは訊いた。

「ねえ、『ＦＡＤＥ ＩＮ』でバイト募集《ぼしゅう》してないかな？」

「無理ね。このところ不景気で、お客さんも減ってるの。経営的に、バイトの人を増やす余裕はないわ。ゴメンね」

その答え方は、経営者の口ぶり。

なぜ、アルバイトの由美子さんが、お店の経営にまで口を出せるか？

それは、彼女が『ＦＡＤＥ ＩＮ』のマスターの奥《おく》さんになる人だからだ。

由美子さんがマスターと結婚《けっこん》するにあたって、かなりの騒《さわ》ぎがあった。結婚反対派の『箱入り由美子さんを愛《め》でる会』と容認派『由美子さんの幸せを考える会』の対立。また、反対派も武力容認の過激《かげき》思想のグループと無《む》抵抗《ていこう》主義のグループに分かれたりもした。

約半月におよぶ〝結婚騒動《そうどう》〟は、由美子さんの、

「幸せになりますから」

の一言で終結した。

商店街の売り上げには結びつかなかったけど、久しぶりに活気づいた半月だった。

現在、由美子さんは新婚生活の準備中。

商店街で、新婚グッズをたくさん買ってるところだ。虹北商店街の売りは、〝ゆりかごから墓場《はかば》まで〟――たいていの物は、手に入る。旅行会社の支店も入ってるので、新婚旅行の予約だってできるんだから。

「結婚式の日取りは決まったの？」

そう訊くわたしに、由美子さんは首をかしげる。

「迷ってるの。結婚式って、結構《けっこう》お金がかかるのよ。これから先、いっぱいお金が必要なのに、式を挙《あ》げるのに使っちゃうのは勿体《もったい》ない気がして」

なるほど。

生活力のないマスターには、由美子さんのようなしっかりした女性はピッタリだ。

「でも、二人でブランコに乗って降りてきたり、ドライアイスの煙《けむり》の中から現れるのって、やりたくない？」

目を輝かせるわたしを、由美子さんが生暖かい目で見る。どうも、わたしたちの感性には、隔《へだ》たりがあるようだ。

由美子さんが言う。

「新婚旅行には、絶対に行きたいのよ。だって、お店をやってたら、二人で旅行に行く機会なんて滅多《めった》にないでしょ。でも、今の状況《じょうきょう》だと、新婚旅行にお金を掛けるのも難しいし……」

少し哀《かな》しそうな顔になる由美子さん。

なるほど。

そうだよね。よく、甘い新婚生活って言うけど、現実は、生活してかなきゃいけないんだもん、厳《きび》しいことはたくさんあるよね。

「早く、不況が終わってほしいよね」

わたしの呟きに、由美子さんが、

「響子ちゃん、バイトしたいんだ？」

「そういうわけじゃなくて、フランスへ行くお金が欲《ほ》しいのよ」

「だから、特等を当てたいのね？」

わたしは、うなずく。

由美子さんが、重ねて訊く。

「どうして、そんなにフランスへ行きたいの？」

「恭じいちゃんに聞いたの。恭助が、フランスの陽炎村って場所にいるって」

「そう……」

考え込む由美子さん。

「恭助君に会いに、フランスへ行きたいんだ」

また、うなずく。由美子さんに隠す必要はない。

「あ～あ、どこかに百万円くらい落ちてないかなぁ」

テーブルに頬杖《ほおづえ》をつくと、店の奥から、

「何だ、響子君。お金がいるのかい？」

という男の人の声がした。

店の奥——店内のライトが届きにくいテーブル席に、三人の男が座っている。

その中の一人、テーブルに肘《ひじ》をつき、重ねた手の甲に顎《あご》を乗せた男——カメラ屋『大怪《だいかい》獣《じゅう》』の若旦那《わかだんな》が、わたしに言う。

「響子君。きみは、我《わ》がスタッフの一員だ。お金が欲しいのなら、我々《われわれ》の元で働きたまえ」

若旦那の横で、『ＦＡＤＥ ＩＮ』のマスターと、宮崎《みやざき》さんがうなずいた。

「監督《かんとく》とスタッフの関係は、言ってみれば親子のようなものだ。子供が困っていたら、救いの手をさしのべるのが、親としての務《つと》め。しかし、安易《あんい》に小遣いを与えるのは、子供にとって良くない。ここは、きちんと労働させた上で、報酬《ほうしゅう》として与えるのが良いだろう。

さぁ、我々と一緒に映画を撮《と》ろうじゃないか！」

若旦那が、わたしに向かって右手を伸ばす。

わたしは、その手を無視。

ここで、三人について少し説明しておこう。

簡単《かんたん》に書くと、映画好きのズッコケ三人組。でも、それだけだとわけわかんないでしょ、まず、若旦那について。

四十代で独身。細身で長身に甘いマスクという、モテ要素を備《そな》えてるのに結婚できないのは、性格に問題があるからとしか思えない。三人組のリーダー的存在だ。

その右隣にいるのが、『ＦＡＤＥ ＩＮ』マスターの青谷《あおたに》さん。

年齢《ねんれい》は、三十代後半。美形なんだけど、顔の下半分を髭《ひげ》で覆《おお》って冬眠明けの熊《くま》さんみたいになってる。それは、容姿《ようし》で客を集めたくないという、マスターのこだわりだ。

若旦那の左隣にいるのが、色白で銀縁眼鏡《ぎんぶちめがね》を掛けた二十代半ばの男。イラストレーターの宮崎さんだ。ものすごく手先が器用で、特撮シーンで使うミニチュアの街は、本物そっくり。他にも、怪獣の着ぐるみなんかも作ったりする。もっとも、そんなものを作ってられるのは、イラストの仕事が少なくなって、フリーター状態だからなんだけどね。

彼ら三人は、アマチュア映画を撮っている。（こう書くと、『自主制作映画に青春の全《すべ》てをかけている』と書き直せと文句を言いそうだ。まったく、いい年をして何が〝青春〟だ……）

ただ困ったことに、三人の撮る映画は、かなり偏《かたよ》っている。

若旦那は、大怪獣が出てこない映画を、映画として認《みと》めていない。

マスターは、「男はつらいよ」シリーズが最高の映画だと思っている。

宮崎さんは、名探偵が出てくる探偵映画に、日本の様式美を感じている。

こんな三人が撮る映画が、一般的な評価を得るはずがない。

今までにも、虹北商店街のＰＲビデオ制作を頼まれ、何本か撮ったことがある。そのビデオは、全て金庫の奥深く封印《ふういん》された。

商店街が怪獣に破壊《はかい》されるようなビデオが、ＰＲビデオとして認められるはずないんだけど、

「芸術作品に対する冒瀆《ぼうとく》だ！」

と、若旦那たちは主張した。

それ以来、商店街振興会と若旦那たちは対立している。

映画が好きなのは結構だ。自主制作映画を撮るのも、かまわない。

問題になるのは、映画制作に情熱を注《つ》ぎ込みすぎてることなの。

自分たちが想《おも》い描く映画を撮るためなら、いかなることも許《ゆる》されると、若旦那は真剣《しんけん》に信じている。

大巨匠《だいきょしょう》監督が、雲の形が気に入らないという理由でフィルムを回すのを止めたのは有名な話だけど、若旦那なら、「馬の形をした雲が欲しい！　何とかしろ！」と、スタッフに平

気で要求するだろう。

若旦那たちが映画を撮るということは、周りに大迷惑《だいめいわく》をかけるということと、同じだ。

そして、わたしと恭助は、今までに何度か撮影スタッフとして映画制作を手伝わされている。

はっきり書いておくけど、わたしはスタッフの一員になったつもりは、これっぽっちもないからね！

小声で由美子さんに訊く。

「若旦那たち、また新作映画を撮る気なの？」

由美子さんが、溜息で返事に代える。マスターは、結婚しても若旦那たちと映画を撮る気なのね。

そのとき、若旦那が急に立ち上がった。天井《てんじょう》を見上げ、少し不満げな顔。スポットライトが自分を照《て》らさないことが、気に入らないのだろう。

「現在、我々には、宝くじで当てた三百万円がある」

おおー！　若旦那が三百万円の宝くじを当てたという噂は、本当だったんだ。

「なぜ、宝くじが当たったか？　それは、神が、我々に映画を撮れと言いたかったのだろう。言うなれば、映画制作は、神に与えられた使命なのだよ」

力説する若旦那。その姿を見ると、〝フランス行きは運命だ！〟と思ってる自分が、恥《は》ずかしくなってきた。（同類じゃないからね！）

若旦那が、わたしを見る。

「ちょうど今、我々は新作映画の打ち合わせをしているところだ。歓迎《かんげい》するよ」

近づいてきた若旦那が、わたしに向かって右手を伸ばす。わたしは笑顔で——しかし、きっぱりと——その手を拒否。

肩をすくめる若旦那。

「まったく、年頃の娘は、恥ずかしがり屋だ。しかし、撮影に参加したくなったら、いつでも声をかけてくれたまえ」

わたしは、笑顔を若旦那に向ける。しかし、絶対に頷《うなず》かない。

若旦那が、席に戻った。

「ときに、もう一人のスタッフ——恭助君は、どうしてるんだい？　正月だから、そろそろ帰ってくるんじゃないのかな」

わたしは、恭助が正月に帰ってこないことや、フランスの陽炎村にいることを伝えた。

「陽炎村って、どこにあるんだい？」

マスターの質問。

「わたしもよく知らないんだけど、エクス＝レ＝バンっていう温泉保養地の近くみたい」

わたしが答えると、

「エクス＝レ＝バン……」

若旦那の目が、キラリと光った。

そして、マスターと宮崎さんに言った。

「諸君、今のを聞いたかね」

大きく頷くマスターと宮崎さん。

若旦那が、拳《こぶし》を握りしめる。

「今、完璧《かんぺき》と思われていた我々の映画に欠けていたものが判明した」

完璧……？　誰にそんなことを〝思われて〟いたんだ？

「我々の映画には、全てがあった。『男はつらいよ』シリーズを思わせる人情――」

マスターが頷く。

「名探偵に代表される日本の様式美」

宮崎さんが頷く。

「そして、忘れちゃいけない大怪獣！」

三人が大きく頷いた。

聞いてるわたしは、頷けない。なんで、大怪獣が出てこないといけないのよ！

「そんな我々の映画に欠けていたもの。それは、大怪獣と戦うヒーローだったのだよ！」

「おおー！」

盛り上がる三人。わたしは、話がどう転ぶのか、想像もできない。

若旦那に向かって訊く。

「ちなみに、どんなストーリーの映画を撮ろうと思ってたの？」

「フッ、よくぞ訊いてくれた」

若旦那が、わたしの方を見る。

「タイトルは『名探偵はつらいよ　レーブ』！　物語は、名探偵の三毛犬寅二郎《みけいぬとらじろう》が、古びた温泉旅館を訪れるところから始まる。その土地には、吹雪《ふぶき》の夜に魔物が現れ、村人を殺すという言い伝えがあった。そして、言い伝え通り、密室殺人が起きるのだよ！」

密室殺人！

「……ひょっとして、本格的な探偵映画を撮る気なの？」

その疑わしそうな言い方に、少し不快そうな顔をする若旦那。でも、わたしが興味を持ったのがうれしいのか、若旦那の言葉に熱が籠《こ》もる。

「温泉旅館は、先代の女将《おかみ》が引退し、娘夫婦に経営を任されていた。そこへ『都会へ出て一流の猛獣《もうじゅう》使いになるんだ！』と家出していた長男が帰ってくる。妹夫婦にしてみたら、今更《いまさら》長男に帰ってこられても、邪魔なだけ。片や長男には、旅館は自分のものという感覚がある。そんな中、旅館の離れで寝泊《ねと》まりしていた妹夫婦が殺されたのだよ」

「その離れが――」

「密室なのだよ！」

ここで、宮崎さんがスタンドライトを若旦那に当てた。

さっき店を出て行ったと思ったら、アパートにライトを取りに行ってたみたいだ。

「妹夫婦の死体が発見されたのは、朝になってから。離れの中は、まるで嵐《あらし》が通り過ぎたかのように、あらゆるものが散乱していた。その中で、妹夫婦は日本刀で全身を何十ヵ所も斬《き》られ、殺されていた。血は、床《ゆか》や壁だけでなく、天井にまで飛び散っていた。死亡《しぼう》推定時刻は、真夜中。離れの周りの雪には、離れに向かう妹夫婦の足跡《あしあと》だけが残っていた。そして、離れの窓《まど》と入り口は、中から鍵《かぎ》が掛けられていたのだよ」

雪と鍵の、二重の密室！

ちょっと、このままだと、本当に本格的な探偵映画になっちゃうんじゃない？

「日本刀は、離れの外に落ちていたの？」

わたしの質問に、首を横に振る若旦那。

「いや、残念なことに離れの中だ」

……そうか。それは、わたしも残念だ。

「三毛犬寅二郎が、先代の女将の依頼をうけ、捜査《そうさ》を開始する。雪の足跡や離れの鍵に、なにも不審《ふしん》な点はなかった。完璧な密室に頭を悩ませる寅二郎。そのとき、彼は、離れの屋根に雪が残ってないことに気づいた」

「それが、手がかりなの？」

若旦那がうなずく。

「手がかりは、それだけじゃない。警部《けいぶ》の乗った県警のジープが、旅館の側《そば》にできた穴《あな》にはまり、横転したんだ」

「穴……？」

さっぱりわからない。それが、本当に手がかりになるのだろうか？

「どんな穴なの？」

「細長いひょうたんのような形をした穴だ。長さは十メートルくらい。深さは一メートルくらいだな」

かなり大きいわね。

考えるわたしに、若旦那が指を二本出した。

「この二つの手がかりで、三毛犬寅二郎は、事件を解決することができたんだ。響子君には、解けたかね？」

雪がなかった屋根。

大きな穴。

……うーん、わかんない。

わたしは、両手を上げた。ギブアップ。

若旦那が、フッと笑う。

「三毛犬寅二郎は、事件の関係者を一堂に集めた。そして、言った」

若旦那は言葉を切ると、マスターの肩をポンと叩《たた》いた。

「ここからは、三毛犬寅二郎役をマスターにやってもらおう」

「了解！」

親指をグッと突き出すマスター。その顔が、キリリと引き締《し》まる。

そして、『ＦＡＤＥ　ＩＮ』の中を彷徨《うろつ》き回る。

「この事件で不思議なのは、犯人は足跡を残さずに、どうやって離れに出入りしたかということです」

今、マスターの目には、『ＦＡＤＥ　ＩＮ』の店内も、わたしや由美子さんも、入ってないのだろう。

見えてるのは、古びた温泉旅館の大広間。そこに集められた事件関係者。その不安そうな顔。

マスターは、三毛犬寅二郎の役になりきってる。

「結論から言いましょう。足跡は、残されていたのです。ただ、大きすぎて見えなかっただけです」

マスター――いや、三毛犬寅二郎の低い声。

「バカなことを言ってるんじゃない！　我々、県警が必死で捜査したんだ。確かに、足跡はなかった」

突然《とつぜん》、若旦那――いや、警部役の若旦那が叫《さけ》んだ。

「いえ、ありました」

自信たっぷりに断言する三毛犬寅二郎。

若旦那――ではなく、警部を指さす。

「現に、警部の怪我《けが》は、ジープがその足跡にはまったときにできたものじゃないですか」

「なんだと！」

わたしも、警部と同じように心の中で叫んだ。な、なんだってー！

警部が、震える声で言う。

「じゃあ……きみは、あの巨大な穴が、足跡だと言うのか！」

三毛犬寅二郎が、うなずいた。

わたしは、嫌《いや》な予感がした。由美子さんの笑顔が引きつってる。

そんな渦巻《うずま》く嫌な空気をものともせず、警部——いや、もう若旦那でいいや——若旦那が呟く。

「あれが足跡だとすると、いったい、どんな生物の足跡なんだ……」

ここで、マスターがビシッと言う。

「犯人は、大怪獣です！」

「はい、カーット！」

わたしは、パンパンと手を叩く。これ以上、マスターと若旦那の猿芝居《さるしばい》を聞く気はない。

「どうしたんだい、響子君。せっかく、これから犯行方法を説明するという大事な場面なのに」

肩をすくめる若旦那に、わたしは言う。

「だって、聞くまでもないもん。犯人が大怪獣だったら、どうやったかすぐにわかるじゃない」

わたしの言葉に、マスターたち三人は、「おお－！」と驚いた。

わたしは、名探偵気分で続ける。

「まず、大怪獣は、真夜中に離れをそっと持ち上げた。そのときの震動《しんどう》で、妹夫婦は目を覚ます。そして、窓から外を見て、大怪獣が離れを持ち上げてることに気づく。驚いた妹夫婦は、刀を持ち出し、自分たちの身を守ろうとした。そのとき、大怪獣が、離れを揺《ゆ》すったのよ」

わたしは、イメージする。シェイカーの中で振られるカクテルのように、室内を転がる妹夫婦。そんなとき、手に日本刀を持っていたら……。

「これで、室内のものが散乱していたのも、わかるでしょ。屋根の雪は、そのときに落ちたの」

「正解だよ、響子君。さすが、我がスタッフ。見事な推理力だ」

若旦那が褒《ほ》めてくれる。

わたしは、ちっともうれしくない。っていうか、こんなくだらないことがわかってしまう自分に、自己嫌悪《じこけんお》。

ただ、わからないことがある。

「でも、どうして大怪獣が、妹夫婦を襲《おそ》ったの？」

「それは、大怪獣に哀しい過去があるからだよ」

声の調子を落とす若旦那。

「小さい頃、大怪獣は普通の家で飼われてたんだ。だけど、その家が引っ越すことになって、飼い続けることができなくなった。おまけに、大怪獣はどんどん食べて大きくなるしね。かわいそうなことに、捨てられてしまったんだ。それを拾ったのが、猛獣使いになる夢が破《やぶ》れた長男だったというわけだ」

普通に説明してくれてるけど、大怪獣って、飼ったり捨てたりするものなのかな……？

「人間不信になってる大怪獣を、長男は愛で包んであげた。そのため、大怪獣は、長男の言うことならなんでもきくようになったんだよ」

……人間不信の大怪獣か。どんなものか、想像できない。

「長男は、大怪獣に直接『妹夫婦を殺せ』とは言ってないんだ。ただ、心のどこかで、妹夫婦がいなくなればいいと思っていた。その気持ちを、大怪獣は感じたんだろうね。哀しい話だよ」

しんみりと、テーブルに戻る若旦那たち三人。

宮崎さんが言った。

「ここまでのストーリー展開は、完璧だったんだ。でも、困ったことが起きた」

困ったこと……？

大怪獣が犯人なんて言うバカげた映画に、困ったことなんて無数にあるでしょ。

マスターが、ボソッと言った。

「三毛犬寅二郎も警察も、大怪獣を逮捕《たいほ》できないんだ……」

……そりゃ、そうでしょうね。

「自衛隊《じえいたい》に頼んだら？」

わたしの提案に、マスターが右手をヒラヒラ振る。

「そうすると、日本の様式美から外れてしまうんだ」

宮崎さんと若旦那も、うなずく。

わからない。わたしには、三人が持ってる様式美の基準が、わからない。

「しかし――」

若旦那の目がキラリと光った。

「その問題も、響子君からの情報で解決した」

若旦那が、決めポーズを取る。

「大怪獣と戦うヒーロー！　その名も、『宇宙刑事エクスレバン』！」

「おおー！」

目をキラキラさせる三人に対して、わたしと由美子さんは目を丸くする。

若旦那を刺激《しげき》しないように、言う。

「あの……若旦那。エクス＝レ＝バンって、フランスの地名ってわかってる」

「何を当然のことを言ってるんだね、響子君」

冷静な声が返ってくる。

「エクス＝レ＝バンは、フランスのサヴォワ県にある都市なんて、常識だよ。確か、近くにブルジェ湖という湖があったな。温泉保養地としても有名だし、『名探偵はつらいよ　レーブ』のストーリーに、ピッタリのところだ」

……なんで、わたしより、よく知ってるんだろう？

「そのエクス＝レ＝バンからやってきた宇宙刑事エクスレバンが、三毛犬寅二郎探偵を助けて、大怪獣と戦うんだ。グッとくるものがあるね」

わたしは考える。

どうして、地球のエクス＝レ＝バンから来たのに、〝宇宙刑事〟と名乗ってるの？

それに、なぜ日本の探偵を助けないといけないの？

考えれば考えるほど、疑問点があふれてくる。

そんなわたしにお構《かま》いなく、若旦那が呼びかける。

「貴重な情報を提供《ていきょう》してくれた、優秀《ゆうしゅう》な我がスタッフ響子君に拍手《はくしゅ》！」

マスターと宮崎さんの盛大な拍手を受け、当然のことながら、わたしは少しもうれしくない。

宮崎さんがスケッチブックを広げ、エクスレバンのキャラデザインを始める。

いかにも子供が喜びそうなプロテクターをつけたエクスレバン。右手に長刀、左手に短刀を構えた姿は、二刀流の宮本武蔵《みやもとむさし》を意識してるのだろうか。

マスターが、キャラ設定を考える。

「エクスレバンには、スリジェという名の妹がいるんだ。この妹は、うだつの上がらない宇宙刑事の兄に、愛想《あいそ》をつかしてる。しかし、そのスリジェが大怪獣に捕《と》らわれたとき、エクスレバンは、駄目な兄ではなくヒーローとして甦る――こんな設定は、どうだい？」

「おおー！」

若旦那と宮崎さんから、拍手と歓声が起きる。

「シリーズ化を考えると、エクスレバンに仲間が必要だな。今回の事件の謎を解いた三毛犬探偵が、功績を認められ、宇宙探偵ミケイヌとして仲間になるのはどうだろう？」

マスターの提案に、宮崎さんが宇宙探偵ミケイヌのデザインを描き始める。

わたしは、質問をする。

「功績を認められって……誰に認められたの？」

すると、三人が声を揃えて答えた。

「宇宙警察に決まってるじゃないか！」

はい……そうでしょうね。

自分たちの世界に閉じこもってしまった三人を無視し、わたしは由美子さんに訊く。

「結婚が決まって、幸せ？」

「……ええ、もちろん」

笑顔で答える由美子さん。でも、わたしは、その口元が少しだけ引きつってるのを見逃さなかった。

結婚って、たいへんなんだ……。

いや、人の心配をしてるときじゃない。わたしだってフランスへ行くことを考えなくちゃいけないんだ。

由美子さんに、コーヒーのお代《か》わりを注文する。

「コーヒーをがぶ飲みしてるのは、福引きで特等を取ってフランスへ行くため？」

「うん」

すると、

「響子君がフランスへ行きたいのは、『宇宙刑事エクスレバン』のロケのためだね」

若旦那が、口を挟んでくる。

「違います！」

わたしは、すかさず否定。

でも、その次の若旦那の言葉には、驚かされた。

「特等なんて、簡単に出せるよ」

えー！

「若旦那……今の言葉、本当？」

「もちろん」

大きくうなずく若旦那。

わたしは、三杯目のアメリカンコーヒーを注文し、気持ちを落ち着ける。

そして、訊いた。

「本当に、福引きで特等出せるの？」

わたしの質問に、笑顔の若旦那。その笑顔が、「何を疑ってるんだい、子猫ちゃん」と言ってる。

「その方法、教えてくれる？」

「かまわないよ」

あっさり答える若旦那。

途端に、わたしは怖くなった。

「ひょっとして、特等を取らせる代わりに、フランスでフィルムを回してこいとか条件を出す気？」

すると、若旦那は、「その手があったか」というようにポンと手を打った。

そして三人は、顔を合わせて相談する。

数分後、若旦那が言った。

「協議の結果、スタッフとして活躍《かつやく》してくれた響子君に、慰労《いろう》の意味を込めて特等をプレゼントすることになった。遠慮せず、受け取って欲しい」

ものすごく大上段からの言葉だ。

そして、わたしの前に置かれたコーヒーカップを見た。

「三杯のアメリカンコーヒーで、響子君は、福引きをする権利を手に入れた。あとは、福引きのガラガラを回すだけで、きみは特等を手にすることができる」

そう言った若旦那の顔から、血の気が引いた。

深刻な声で、マスターと宮崎さんに言う。

「……今、わたしは、重大なミスに気づいてしまった！」

え、なんなの？

「福引きの時にガラガラ回すやつ——わたしは、あれの正式名称を知らない！」

「ああー！」

マスターと宮崎さんも、頭を抱《かか》える。どうやら二人も、名前を知らないみたいね。

「いったい、なんて呼ぶんだ！」

「これでは、作戦計画書を作るときに、『福引きのガラガラ回すやつ』と書くしかないじゃないか！」

「天は、我らを見放した！」

のたうち回る三人。

まったく困ったもんだ。（もっとも、わたしも名前を知らないけどね）

わたしはコーヒーを飲み干すと、由美子さんに訊いた。

「本当に、特等を引けるのかな？」

すると、由美子さんは真剣な顔で言った。

「どうかしら……。若旦那は大丈夫って思ってても、大丈夫じゃないってこと、多いからね」

確かに、由美子さんの言うとおりだ。

不安になったわたしに、由美子さんが言う。

「安心して。あとで、若旦那に何を考えてるか聞いておくから」

由美子さんの、人をホッとさせる笑顔。

この笑顔を独り占《ひと》《じ》めできるんだから、マスターは幸せ者だ。

由美子さんは、わたしからコーヒー代六百円を受け取ると、三枚の福引き券をくれた。

本当に、特等引けるのかな……。

わたしは、手の中の福引き券を見て考えた。

03　福引きの掟《おきて》

次の日。

福引き券を手にしたわたしは、商店街の中央広場にいた。

目の前には、テントが二張り。並べられた長机の上には、ポケットティッシュや亀《かめ》の子《こ》ダワシの入った段ボール箱、醤油《しょうゆ》のペットボトルが並んでいる。

テントには、『特等：金色　フランス・パリ六日間の旅』と書かれた大きな紙が貼られている。

次に、特等以下の欄《らん》を見る。

『二等：赤色　トイレットペーパー12ロール』の文字の上に、新たに『大型冷蔵庫《おおがたれいぞうこ》』の紙が貼られている。三等の『Ａ４コピー用紙一束』の上には、『電動自転車』。全体的に賞品がグレードアップされている。

わたしは、頭の中で電卓を叩く。賞品をグレードアップするのにかかったお金は、ちょうどフランス・パリ六日間の旅にいけるぐらいだ。

ちまちまと賞品をグレードアップするくらいなら、特等を二本にしてくれたらいいのにな。

今、中央広場には、たくさんの人間が集まっている。

「今日、福引きの特等が出る！」

そういう噂が、街《まち》を駆《か》けめぐったからだ。

誰が、そんな噂を流したか？　それは、わたしの背後にいる若旦那たち三人だ。

若旦那は愛用の八ミリカメラ（ビデオカメラじゃないからね）――フジカＺＣ一〇〇〇のファインダーをのぞいている。

宮崎さんは、両手にそれぞれライトを持っている。左手のスポットライトは、わたしのためのもの。右手のピンライトは、福引きの玉を照らすためのものだ。

マスターは、音響の仕事。長い棒《ぼう》の先につけたマイクを、わたしの上に掲《かか》げている。

その横では、不安そうにマスターの仕事を見つめる由美子さん。

わたしは、若旦那に訊いた。

「どうして、カメラを回すの？」

「いろいろ事情があるのだよ」

不敵な笑いを浮かべた若旦那が、わたしにカメラを向ける。

そんな騒ぎに、ますます人が集まってくる。

「何が始まるんだい？」

「なんでも、福引きの天才が、これから特等を出すそうだ」

「おお、それは見逃せない！」

――ざわめきを聞いてると、なんだか恐ろしい方向に期待がたかまってるようだ。

これは、早いところ福引きをひいて、姿を消した方がよさそうだ。

わたしは、係のお姉さん（SAMANA《サマナ》書店の娘さんだ）に三枚の福引き券を渡す。ニッコリ微笑んだお姉さんは、福引きのガラガラを手で示した。

ガラガラの前には、腕《うで》を組んで仁王立《におうだ》ちした商店街振興会会長――つまり、わたしのお父さんが立っている。特等が出るという噂を聞いて、いてもたってもいられず、やってきたのだろう。

お父さんが、わたしを見る。他のお客さんに見せていた笑顔は、すっかり消えている。

そして、わたしの肩越しに、八ミリカメラを構えた若旦那を見た。

「特等が出るという噂を流したのは、若旦那《あんた》だったのかい？」

「さて、なんのことでしょう？」

とぼける若旦那。

フッと肩の力を抜くお父さん。そして、わたしに向かって言う。

「まぁ、出せるものなら、金の玉を出してみな」

それは、絶対に特等なんか出るものかという、自信にあふれた言葉。

その自信、わたしが打ち砕《くだ》いてやろうじゃないの！(とはいうものの、わたしも、特等を出す方法、まだ知らないんだけどね)

わたしはガラガラのハンドルを持った。宮崎さんが、ライトのスイッチを入れた。

スポットライトの光が眩《まぶ》しい。

一回、二回——玉の入った大きなドラムを、回す。ガラガラガラと音を立て、ドラムが回転する。

そして、カラン！

軽い音を立て、玉が受け皿に落ちた。

みんなの視線が、玉に集まる。眩しい光を放つ球。

その色は、金色！

全てのものが静止する。まるで、時間が止まったかのように——。

「……お」

時間を動かしたのは、鐘《かね》を持った係のお姉さんだった。

「おめでとうございます。特等のフランス・パリ六日間の旅、出ました！」

ガランガランという景気いい鐘の音が、虹北商店街に響《ひび》き渡った。

「おおー！」

爆発《ばくはつ》するような歓声が、観衆から起きた。

しかし――。

「ちょっと待った！」

お父さんが、鐘を鳴らすお姉さんの手を止めた。

そして、ライトを持ってる宮崎さんをビシッと指さす。

「動くな！」

その言葉に、宮崎さんは瞬間冷凍《れいとう》される。『蛇《へび》に睨《にら》まれたカエル』という言葉を実写化したら、今の宮崎さんになるだろう。

みんなの視線が、宮崎さんに集まる。

「ぼ……ぼくが、何を……」

蛇に睨まれたカエルが、震える声で言った。

お父さんは宮崎さんに近づくと、彼が右手に持ってるピンライトを奪《うば》った。太軸《ふとじく》のマジックのようなライト。すべらないよう、グリップにビニールテープが巻いてある。

観衆の視線が、ピンライトに集まる。

お父さんが、宮崎さんに訊く。

「これは何かな？」

「それは……ピンライトで……」

しどろもどろに説明する宮崎さん。

お父さんは、その説明を無視して、白いテントの布に向かってピンライトを向けた。

壁に、直径一センチくらいの光が映る。その色は、金色だ。

観衆から、また、

「おおー！」

という驚きの声が漏《も》れた。

「簡単なトリックだな」

フッと片頬《かたほお》で笑い、お父さんが言う。

「ハズレの白い玉を、このピンライトで照らせば特等の金色に見える。——子供だましもいいところだ」

なるほど。

でも……。

「転がる玉を、ピンポイントで照らせるかな？」

わたしの疑問に、お父さんが指をチッチッチと振った。

「腐っても、宮崎君はイラストレーターだ。手先は、我々より器用だろう」

「……いや、別に腐ってないですけど」

宮崎さんの反論は、お父さんに無視された。

理解できた。

若旦那が言っていた、確実に特等を引く方法とは、ピンライトを使って出玉の色を変えるトリックだったんだ。

……だけど、あっさり見破られちゃったら、意味無いじゃない。

そのとき、観衆の中から、

「でも、ピンライトの光が当たってないのに、その玉は金色ですよ」

由美子さんの声がした。

「えっ？」

驚くお父さん。

わたしは、受け皿の玉を見た。

確かに、ライトが当たってないのに、金色に光ってる。

「……そんなバカな」

お父さんが、受け皿の玉を手にとってよく見る。わたしも、顔を近づけた。

「確かに、特等の玉でしょ？」

由美子さんの言うとおりだ。

お父さんは、持った玉を、服にゴシゴシこすりつける。でも、玉は色落ちすることなく金色に輝いている。

そんなお父さんに、由美子さんが言う。

「本物の特等の玉ですよね？」

「……………」

お父さんが、由美子さんを見た。

「しかし――」

何か言いかけたお父さんの言葉を、由美子さんが遮《さえぎ》る。

「響子ちゃんが、振興会長の娘だから、特等は無効《むこう》だと言うんですか？　それはおかしいです。彼女は、ちゃんと商店街でお金を払い福引き券を手にしたんです。福引きを引く権利はあります。そして、特等が出たのなら、それは彼女のものです」

「……それでいいのかね？」

お父さんがボソッと訊いた。

笑顔でうなずく由美子さん。

「誰も文句は言えません」

そう言われて、お父さんは黙り込んだ。

「えーっと……」

鐘を持った係のお姉さんが、お父さんを見る。

肩を落としたお父さんが、目を閉じて、うなずく。

「おめでとうございます！　特等のフランス・パリ六日間の旅、出ました！」

ガランガランと鳴る鐘の音。

「おおー！」

という歓声が、虹北商店街のアーケードを震わせた。

『特等』と書かれた大きな封筒《ふうとう》を持ったわたしは、ボンヤリした頭で考えた。

特等の玉が出たのは、若旦那たちのトリックじゃない。ということは、正当な手段で、わたしは特等を手に入れたということだ。

しかし、そんなに都合良く特等が出るだろうか……？

うーん、考えてもわからない。

あっ、もう一つわからないことがあったんだ。いったい、福引きのガラガラ回すやつの正式名称は、なんなんだろう？


謎は、いくつか残ってる。

でも、それはそれ！

とにかく、フランスへ行くための切符《きっぷ》は手に入れることができた。

待ってなさいよ、恭助！

幕間

日本→フランス

それから、出発を迎えるまでが大忙しだった。

まず、虹北商店街にある旅行会社との交渉《こうしょう》。

〝パリを中心に六日間のフランス観光〟という旅行プランを、〝エクス＝レ＝バンを中心の自由行動〟に変えてもらう。

ホテルも、エクス＝レ＝バンの安いホテルを押さえてもらった。

本当は、陽炎村に宿を取りたかったんだけど、旅行会社に陽炎村に関するデータが無く無理だった。

「本当に、そんなプランでよろしいんですか？　エクス＝レ＝バン近くの観光スポットを調べましょうか？」

担当のお姉さんが、心配してくれたけど、丁重《ていちょう》にお断《ことわ》り。だって、観光スポットなんか関係ないもん。

旅行会社との交渉が終わったら、旅行準備。

準備の最初は、フランス語。旅行用のフランス語会話集を買ってきて、一時間ほど調べた。

わたしは、自分の語学力を知っている。だから、「こんにちは」と「ありがとう」を完璧に覚えたら、ＯＫだ。他の単語まで入れたら、「こんにちは」と「ありがとう」が頭からこぼれてしまう。

他に覚えたのは、「ウー？」という言葉。なんでも、「どこ？」という意味なんだって。だから、恭助の写真を指さし「ウー？」と言えば、わたしが恭助を捜《さが》してるとわかってもらえるだろう。（もし、首を横に振って「彼は〝鵜《う》〟ではなく人間だ」と言うフランス人がいたら、わたしは日本語で話しかける！）

大丈夫！　フランス人だって、同じ人間だ。目を見て真心《まごころ》で話しかけたら、きっと気持ちは通じるはず。

それから、荷物。パスポートはもちろん、着替《きが》えや薬に携帯型音楽プレイヤー。海外旅行の手引き書を参考に、荷造りする。

「水が変わると、お腹を壊すからねぇ」

そう言って、駄菓子屋のおクマばあさんが梅《うめ》の実を煮詰めて作った薬の瓶《びん》を渡してくれたりする。

「あと、恭ちゃんに、おやつを渡しておくれ」

新聞紙で作った袋に、カレー煎餅《せんべい》を入れてくれる。この煎餅は、プチプチクッションで包み、割れないようにした。

なんだかんだで、どんどん荷物が増えていく。

そして、フランス行きを聞きつけた友達から渡された「お土産リスト」。そんなものより、餞別《せんべつ》を渡して欲しかった。

お母さんやお姉ちゃんからは、ブランドものの化粧品《けしょうひん》やバッグのリクエスト。

だから、買ってきてあげるから餞別をちょうだいよね！

お父さんは、クリスマスケーキ作りの傍《かたわ》ら、何か縫《ぬ》い物をしている。横長の大きな布だ。

チラッと見たら、『祈願、無事帰国！』という文字が目に入った。どうやら、空港に掲げる横断幕《おうだんまく》らしい。

──お父さんには見つからないように、家を出よう。

わたしは、堅《かた》く心に誓《ちか》った。


パタパタと旅行準備をしてたので、期末試験の打ち上げやクリスマスイベントの盛り上がりは、全て無視。

そして、十二月二十四日──。

二学期の成績表をもらったわたしは、スーツケースを手にした。

飛行機が出発するのは、真夜中。

ずいぶん早く空港に着いたわたしは、あたりを観察する。

最終の飛行機だったためか、ロビーにはあまり人がいなかった。それでも、出発一時間くらい前になったら、わやわやと人が集まってくる。

当たり前のことかもしれないけど、外国人が多い。寒いのか、マフラーを顔にグルグル巻いた人が数人いたけど、それは外国人か日本人か、わからない。

わたしが乗るのは、エールフランス。日本語にしたら、空気フランスだ。

旅行会社のお姉さんに教えてもらったんだけど、行きは十二時間くらい乗ってないといけないんだって。(行きと帰りで、乗ってる時間が違うのは、永遠の謎だ)

それにしても、十二時間って言ったら、半日よ半日!

下手《へた》に起きてても退屈《たいくつ》するだけだから、わたしは徹底的《てっていてき》に眠って過ごすことにした。

なのに……。

寒い! ものすごく寒い!

うとうとすると、頭の中にもう一人のわたしが現れ、

「寝るなー! 眠ったら、死ぬぞー!」

と、騒ぎ立てる。

仕方ないので、機内食を食べて、座席についてるディスプレイで映画を見る。

映画は日本語吹き替えなので良かったんだけど、見るまでの操作《そうさ》がたいへん。

メニューがフランス語なんだもん。意味不明。切り替えたら英語表記になったけど、それでもチンプンカンプン。(はっ、ひょっとして〝チンプンカンプン〟って、死語?)

どれだけ頑張っても、メニューは日本語表記にならなかった。やるな、エールフランス!

「なんだ、これは! もっとマシな映画は、無いのか!」

そう言って騒いでるお客さんがいたけど、ハリウッド映画も邦画《ほうが》もあって、わたしは満

足だった。

映画を見て、機内食で満腹になったら、睡魔《すいま》が押し寄せてきた。

頭の中のもう一人のわたしが、また騒ぎ立てるかと思ったら、先にグースカ寝てるじゃないの。

というわけで、わたしも安らかな眠りについた。


気がついたら、わたしは日本を脱出し、フランスにいた。

翼《つばさ》に、あれがパリの灯《ひ》だと教える暇《ひま》も無かったわ。

飛行機がシャルル・ド・ゴール空港に着いたのは、朝の五時前。

真夜中に出発して、十二時間も飛行機に乗ってたのに、まだ朝の五時前。

これが、時刻表のトリックというやつだろうか！

空港からは、ＴＧＶ《ティージーブイ》っていうフランスの新幹線《しんかんせん》みたいな列車に乗ることになってる。

空港には、ＴＧＶが直接乗り入れてるので、移動は楽。まず、ＴＧＶの乗り場を探さなくては――。

『ＴＧＶ』と書いた紙を見せ、

「う～！　う～！」

と唸《うな》ってる女の子がいたら、それはわたしだ。

キャスター付きのトランクをガラガラ言わせながら、乗り場に行く。

これに乗ったら、エクス＝レ＝バンまでは三時間くらい。
目的地は、もう少し！

第二幕

フランス編

01　おいでませ

さてと――。

いろいろあったけど、わたしはエクス＝レ＝バンに着くことができた。

エクス＝レ＝バン＝ル・ルヴァールという駅は、イメージしてたのとずいぶん違った。

日本の駅ビルみたいに、いろんなお店が入った大きなビルディングじゃなくて、『駅舎《えきしゃ》』と書く方がピッタリな駅。

空を見上げると、いつ雪が降《ふ》ってきてもおかしくないような灰色の空。視界のあちこちに、降り積もった雪が見える。

空気は、とっても冷たく、まるで嚙《か》みついてくるみたい。

ネットの情報によると、エクス＝レ＝バンの広場で、恭助は大道芸人をやってるとのこと。

わたしは、「広場」というフランス語を調べてこなかったことを、少しだけ後悔《こうかい》。

まぁ、なんとかなるでしょう。

首のマフラーを巻き直し、気持ちを引き締める。

吹く風は冷たいけど、わたしの心は燃えている。

まずホテルに荷物を入れて、それから恭助を捜そう。

歩いて移動するか、タクシーを使うか……。

知らない土地では、歩くよりタクシーで移動する方が確実だ。運転手さんに、ホテルの名前を見せたら、連れて行ってくれるだろう。そのときに恭助の写真を見せ「ウー？」と訊けば、何か教えてくれるかもしれない。なんてったって、ネットに写真入りで情報が流れるくらいだもんね。運転手さんが、恭助のことを知ってても不思議はない。

よし、決めた。タクシーだ！

タクシー乗り場を探してたら、髭だらけのおじさんに話しかけられた。

何を言ってるのか、さっぱりわからない。

おかしい。真心を持って接したら、絶対に意思の疎通《そつう》はできると思ってたんだけどな……。

わたしは、耳に精神を集中させて、おじさんが何を言ってるか聞き取ろうとした。

無駄だった。

数秒で意思の疎通をあきらめたわたしは、生暖かい目で、話し続けるおじさんを見る。

とにかく今は、おじさんがあきらめて去っていくのをねがうだけ。

それが、油断につながった。

気がつくと、足下のスーツケースが無い！

え！

驚いて辺りを見回すと、五十メートルほど先で、わたしのスーツケースを車の後部座席に積み込もうとしてる若い男がいた。

置《お》き引《び》きだ！

「おい、こら！　そこの！　ちょっ、待て！」

若い男を指さし、叫ぶ。

周りの人にも、

「あの男、置き引きです！　捕《つか》まえてください！」

助けをお願いした。

しかし、わたしの日本語に反応してくれる人はいない。青い目をした人たちが、キョトンとした顔で、わたしを見てる。何を勘違いしたのか、わたしに向かって拍手するフランス人もいた。

駄目だ、頼れるのは自分だけ。

わたしは、スーツケースを取り戻そうと、走り出した。なんてったって、あの中には、おクマばあさんから預《あず》かったカレー煎餅が入ってる。（あと、パスポートも）

盗まれるわけにはいかないのよ！

しかし、五十メートルという距離《きょり》は、思ったより遠い。

スーツケースを積み込んだ若い男は、運転席に移り、エンジンをかけた。

間に合わない！

そのとき、わたしの横を風が通りすぎる。

いや、それは風じゃない。背の高い男だった。手には、太身の剣を持っている。

男は、走り出した車の前に回り込むと、剣を構えた。

そこからは、B級のアクション映画を見てるようだった。

車に撥《は》ねられる寸前、男が剣を抜いた——のだと思う。速すぎて、動きがわからない。

車が、男の脇《わき》を通りすぎる。次の瞬間、車の前タイヤが裂け、蛇行《だこう》した車は歩道の縁石《えんせき》に乗り上げた。

駅の警備員が数名出てきて、運転席から若い男を引っ張り出した。

剣を納めた男が、警備員に何か言って、わたしのところへスーツケースを持ってきてくれた。

本当に背が高い人。二十歳《はたち》には、まだなってないだろう。金色の髪をツンツンにして、白い袢纏《はんてん》を羽織《はお》ってる。

にこやかな笑顔、どこかで見たような……。

そして、わたしは思い出した。

こっ、この人、恭助と一緒にネットの写真に写ってた人だ!

「えーっと、あの……めるしぃ」

わたしは、思いっきり平仮名《ひらがな》のフランス語で、お礼を言う。

すると、男の人は微笑む。

「どういたしまして」

そして、この人がいるってことは――。

流暢《りゅうちょう》な日本語だ。

「さすが真衛門《しんえもん》。見事な剣さばきだね」

そうか、このナイスなフランス人は、真衛門って名前なんだ。

……って、この声。恭助だ！

「恭助……」

振り返ると、マントを着た恭助が立っている。その肩には、黒猫のナイト。

いっぱい言いたいことがあるんだけど、その名を口にするのが精一杯。

駆け寄るわたしに、恭助が笑顔を向ける。

「お久しぶり、響子ちゃん」

「恭助ー！」

駆け寄りながら、わたしは右の拳を固める。肘の角度は九十度。

そして、目標物――すなわち恭助の左頰を貫《つらぬ》くように、腕を振り抜いた。

わたしの右フックをくらった恭助が、派手に吹き飛ぶ。

「オオー！」

フランス人の観衆から、歓声と拍手、口笛が起こる。

ナイトは、右フックが炸裂《さくれつ》する前に、ふわりと避難《ひなん》していた。

駆け寄る警備員を、剣を持った男の人――真衛門さんがフランス語で制止する。あとで訊いたら、「この男女は、日本から来たパフォーマーだ」って説明したんだって。

まぁいい。とにかく恭助には会えたし、一発お見舞《みま》いすることもできた。

うん、満足。

わたしの気持ちは、この曇《くも》ってるフランスの空よりは、晴れている。

倒《たお》れてる恭助の所へ行って、スーツケースを開けた。

中からカレー煎餅を出し、恭助に渡す。

「これ、おクマばあさんから預かってきたの」

カレー煎餅を受け取った恭助は、左頬を押さえて言った。

「ありがとう。……でも、煎餅を食べるには、ちょっと歯がグラついてるかな」

「それはたいへん。ちゃんと、歯磨きしてないんでしょ」

わたしは、ニッコリ微笑んだ。

わたしたち三人は、駐車場近くのベンチを見つけて、座る。

わたしを真ん中に、右に恭助、左に真衛門さん。

「響子ちゃんを探してたんだよ。そうしたら、『置き引きだー!』って日本語が聞こえたんだ」

恭助が言った。

ちょっと待った！　今の言葉、引っかかる。

「どうして、わたしを探してたの？」

っていうか、恭助は、わたしのフランス行きを知ってたの？

「恭じいちゃんから手紙をもらったんだ。響子ちゃんが、今日の午前中に、エクス＝レ＝バンの駅に着くって」

えー！

わたしは驚いて言葉がない。

そりゃ確かに、恭じいちゃんには旅行日程《にってい》を連絡《れんらく》してあったけど……。

恭じいちゃん、恭助と連絡を取ってたの？

「ぼくが陽炎村にいるという情報をつかんだ恭じいちゃんは、知り合いのフランス人の中から陽炎村近くにいる人を選んで、ぼくに伝言を頼んだってわけ」

「…………」

「今は、ネット社会だからね。恭じいちゃんは、世界中に知り合いがいるよ」

はいはい、わかりました。

でも、恭助と連絡が取れてたのなら、わたしにも教えてくれたら良かったのに。

「恭じいちゃんは、響子ちゃんを驚かせたかったんだよ。人を驚かすのが好きな人だからね」

確かにそうだ。なんてったって、『魔術師《マジシャン》』の祖父《ジッチャン》。人がびっくりするのを見て喜ぶ悪い癖《くせ》を持っている。

でもいいや。こうして恭助に会えたんだし。

ああ、忘れてた！

「恭助！　さっきの置き引き、相棒がいるのよ。そいつがわたしに話しかけてる間に、荷物を盗む手口なの！　相棒の方も、捕まえなきゃ！」

立ち上がるわたしの手を、恭助が引っ張った。

「その必要は無いよ。もう捕まってるから」

えっ、そうなの？

「いつのまに捕まえたの？」

「さっき、真衛門が荷物の方へ向かったときにね。周りの人が真衛門の方に注目してる中、一人だけ、逆方向へ走っていく男がいたら怪《あや》しいに決まってる。それで、その男が置き引きの相棒だと思ったんだ。ナイトが追いかけて引っ掻いてる間に、ぼくは警官に連絡した。あとは、警察が捕まえてくれたよ」

さすが、『魔術師《マジシャン》』。みんなと見てるところが違う。

そのとき、左隣から咳払いが聞こえた。なかなか会話に参加できなかった真衛門さんが、自己主張してるんだ。

「ああ、ごめん。紹介するのを忘れてたよ」

恭助が真衛門さんを手で示す。

「ミリリットル真衛門。ぼくは今、彼のところに居候《いそうろう》してるんだ」

「はじめまして、マドモアゼル響子」

真衛門さんがわたしの手を取り、甲《こう》に軽くキス。

こういう仕草《しぐさ》を照れもせずにすることができ、なおかつ決まってるところが、フランス人だ。

でも、その口から出てくるのは、流暢な日本語。わたしは、なんだか吹き替えの映画を見てるような気がしてきた。

「日本語、お上手《じょうず》なんですね」

わたしが言うと、真衛門さんが微笑んだ。

「父方の祖母《そぼ》が、日本人なんです。だから、ぼくには日本人の血が四分の一流れてます」

そうなんだ。

真衛門さんが、得意そうに胸を張る。

「だから、ぼくの名前も、日本では一般的な『真衛門』なんです」

わたしの十数年の人生で、『真衛門』という名前の日本人に会ったことはない。（アニメの中では、見たことあるけどね）

わたしは、どういう経緯《けいい》で恭助と真衛門さんが知り合ったか訊こうとしたんだけど、その前に、気になることがあったんだ。

「恭助、ややこしい事件に巻き込まれてるんでしょ？　どんな事件？」

すると、恭助はキョトンとした顔になった。

「事件に巻き込まれたりしてないけど……」

「えー？　だって、手紙に書いてきたじゃない！」

わたしが言うと、恭助はしばらく考えて、ポンと手を打つ。

「それは、響子ちゃんの読み違いだよ。ぼくは、『ややこしい事』に巻き込まれてるとは書いたけど、『ややこしい事件』とは書いてないよ」

「…………」

えーっと……。

わたしは、記憶を高速巻き戻し。

キュルキュルと時間を戻し、虹北堂で恭じいちゃんから手紙を見せられたシーンを頭出し。

……確かに、『ややこしい事に巻き込まれてます』って書いてあった。

わたしは、目を閉じて回想する。

フランスへ来るまでにした苦労。それもこれも、恭助がややこしい事件に巻き込まれて困ってると思ったからだ。

それが、わたしの読み間違いだなんて……。

一気に力が抜ける。

でもまぁ、本当は事件に巻き込まれてないんだから、ここは喜ぶところよね。

うん、よかったよかった。

わたしは、明るい声で恭助に訊く。

「それで、巻き込まれてる『ややこしい事』って何？」

「それは……」

なかなか言い出しにくそうな恭助。

横から、真衛門さんが口を挟んだ。

「つもる話もあるでしょう。場所を変えましょう」

なかなか古風な表現をする真衛門さん。漫画や小説でも、なかなかお目にかかれない言葉だ。

「響子は、どこに泊まってるんです？」

そう訊かれて、わたしはスーツケースから書類を出す。

「旅行会社にホテルを取ってもらったんだけど――」

書類を見せると、真衛門さんは、

「もしよければ、うちの城に泊まってください。そうしたら、恭助とつもる話もできますよ」

軽くウィンク。

このときまで、わたしは真衛門さんの日本語力に疑問を持っていなかった。

でも、『城』って……。

それって、『家』を言い間違えたんだよね。

間違いじゃなかった……。

真衛門さんの言ったとおり、わたしが案内されたのは、お城だった。

びっくり！

02 ガレットを食べながら

ホテルへのキャンセルの電話は、真衛門さんがしてくれた。だって、「ありがとう」と「こんにちは」しか言えないわたしには、キャンセルの連絡は荷が重いんだもん。

城へは、荷車に乗って行く。（馬車だと気分が出るんだけど、荷車だからね。読み間違えないでね）

荷車は、真衛門さんが運転するバイクにつけられている。で、このバイクが、ホンダのスーパーカブ。異国でカブに会うと、古い友人に会えたような気がして、とてもうれしい。

荷車は、中世の雰囲気《ふんいき》を残した街を抜ける。道路が直角に交《まじ》わってることが少ないので、なんだか方向感覚がおかしくなる。

建物と人が減り、だんだん山に向かっていく。

周りの景色に、緑色が増える。あとは、雪の白。

木と岩、そして雪。

山の雰囲気も、どことなく日本の山とは違う。

「人の手が無闇《むやみ》に入ってないんだ。日本は、杉《すぎ》の木ばかりだろ」

わたしの横に座った恭助が言う。

「ふーん……」

なんだか不思議な気分。

ここはフランス。馴染《なじ》みのない異国の景色。でも、隣にいるのは、幼馴染みの恭助。わたしの記憶にある恭助より、ちょっと痩せて背が伸びた恭助だ。

「でも、よくフランスへ来るお金があったね」

恭助が言った。

「それがね、運良く福引きの特等が当たって——」

わたしは、ことの顚末《てんまつ》を話す。

黙って聞いていた恭助が、質問する。

「じゃあ、響子ちゃんのお父さんは、福引きを引いてもいいし、特等を引いても辞退しなくていいって言ったんだね？」

「うん」

「なるほど……」

うなずく恭助。いつもは細い目が、丸く見開かれている。

これ、謎解きするときの目だ。

わたしは訊く。

「どうして、お父さんは、そんなこと言ったのかな。商店街の関係者が福引きを引くの、お父さんの性格なら、間違いなく嫌がるはずなのに」

「それは、響子ちゃんが特等を引くことができっこないって知ってたからさ」

「そりゃ特等なんて、滅多に出ないから、そう思うのもわかるけど――」

すると、恭助は首を横に振った。

「違うよ。響子ちゃんのお父さんは、絶対に特等が出ないと知ってたんだ」

えーっと……。

それは、どういう意味なんだろう?

「響子ちゃんが引くまでに、すでに特等は出ていたからだよ」

「そんなことないわ。だって、特等が出たら大騒ぎだもん。当たった人の名前を張り出したり、くす玉を割ったり。そんなこと、全然無かったよ」

「特等を引いた人が、大騒ぎしてはいけない人だったら――」

〝大騒ぎしてはいけない人〟……?

恭助の丸い目が、わたしを見る。

「由美子さんだよ、特等を当てたのは」

「これは、響子ちゃんの話だけから推理したことだからね。ずいぶん、想像も入ってる」

そう前置きして、恭助は話し始めた。

「結婚をひかえた由美子さんは、新生活のための品を、たくさん商店街で買い集めた」

わたしは、うなずく。

商店街の人間は、必要な物を商店街の中で買うのが習慣だ。そりゃ、郊外の大型店の方が安かったりもするけど、やっぱり商店街の中で買ってしまう。

「当然、福引き券もたくさん手に入っただろうね。でも、由美子さんは商店街の関係者。福引きを引くつもりはなかったと思うんだ」

これも、うなずける。

由美子さんの性格なら、引かないだろう。

「ここで考えてみよう。そんな由美子さんに、福引きを引こうって気にさせることができるのは、誰か？」

えーっと……。

マスターをはじめ、若旦那たちに言われても、由美子さんは引かないだろう。

わたしに言われても、引かない。由美子さん、ああ見えて頑固《がんこ》だから。

となると……。

いろいろ考えた結果、わたしの頭に、一人の人が浮かんだ。

うん、この人に言われたら、由美子さんは福引きを引くだろう。

「ひょっとして、商店街振興会長——わたしのお父さん？」

わたしの言葉に、恭助がうなずく。

なるほど。それなら、いろんなことに納得できる。

商店街の関係者だから、福引きを引かないという由美子さん。

それに対して、いくら関係者とはいえ、たくさん商店街で買い物をしたんだから、引きなさいと言うお父さん。

振興会会長の言葉、それに、どうせ当たらないだろうという気持ちがあったんだろう。

由美子さんは福引きを引いた。

何回引いたかはわからない。

とにかく、特等が出た。

由美子さんは、辞退しようとした。しかし、引くように勧《すす》めた手前もあり、お父さんは辞退を認めない。

特等の玉を渡し、フランス旅行へ行くように言った。

由美子さんは、特等を受け取るかどうか迷った。

ここで、少し引っかかる。

「由美子さん、迷うかな……？　どれだけお父さんが勧めても、辞退すると思うけどな。だって、ものすごく決断力のある人よ。マスターとの結婚にしたって、どれだけ周りが反対しても、自分で決めたら貫いたでしょ」

「由美子さんが迷ったのは、『新婚旅行を兼ねて、フランスへ行ったらいい』と言われたからじゃないかな」

恭助が言った。

わたしは、思い出す。

『FADE IN』で、由美子さんと新婚旅行の話をしたとき、なんだか歯切れの悪い話し方をしていた。

あれは、特等を使って新婚旅行へ行くかどうか迷っていたからなんだ。

「その迷いを断《た》ち切ったのが、響子ちゃんだよ」

わたし？

「由美子さんは、響子ちゃんからフランスへ行きたがってることを知った。次に、若旦那から特等を出す方法を聞いて、これは確実に失敗すると思った。そこで、由美子さんは、響子ちゃんに自分の特等を譲《ゆず》ることにしたんだよ」

……由美子さん、本当は新婚旅行に行きたかったんだろうな。

わたしは、空を見上げる。灰色の空から、白い雪がチラチラと落ちてくる。だんだん風景の中の白い色が増えていく。この景色、マスターと見たかったろうな……。

「若旦那たちがやった、色つきのライトを使って出玉の色を変える方法は、マジックでもよく使われる方法なんだ」

そういえば、車の色を一瞬で変えるマジックを、テレビで見たことがある。

「でも、あのトリックを福引きに応用するのは無理があるよね」

恭助の言葉に、わたしはうなずく。

由美子さんも、そう思った。だから、自分が持ってる特等の玉と、わたしが引いたハズレの玉を交換した。

「みんなの目は、スポットライトを持った宮崎さんと振興会長に向いている。玉をすり替える機会は、何度もあったろうね」

わたしは、溜息をつく。

金色の玉を持って、お父さんに詰め寄ったときの由美子さん。

あのとき、由美子さんは言った。〝商店街で買い物をして福引きをしたんだから、特等が出たらもらう権利がある〟——それって、由美子さんが言われたことなんだろう。

だから、お父さんも、由美子さんが自分の特等を、わたしに譲ろうとしてるのはわかった。だから、「それでいいのかね？」と訊いた。

微笑む由美子さんを見て、わたしの特等を認める気になったんだろう。

また、溜息。

雪が降ってるけど、なんだか体の周りが暖かい。

一人で頑張って、ここまで来たって思ってたけど、見えないところで、周りの人にいっぱい助けてもらってたんだ。

うん、決めた。

由美子さんには、超豪華《ちょうごうか》なお土産を買っていこう。あと、お父さんや商店街のみんなにも——。

「ねえ、恭助。もう一つ教えてほしいんだけど」

「何？」

「福引きの、あの取っ手がついてガラガラ回す奴——あれ、なんて名前なの？」

それを言おうとしたとき、荷車が石を踏《ふ》んでガタンと跳《は》ねた。

思いっきり舌を嚙む恭助。しばらく黙り込んだので、名前を聞くことはできなかった。

残念。

「響子、お腹空《す》きませんか？　よければ、食べてください」

真衛門さんが、荷台に積まれたバスケットを指さす。

中を見ると——何、これ？　ベーコンやチーズが載ったクレープ？　それが、丼《どんぶり》に入ってる。

「ガレットっていうんだ。蕎麦粉《そばこ》が入ってる、ブルターニュ地方の郷土《きょうど》料理だよ」

丼を受け皿に、ガレットにかぶりつく恭助。

「日本のお好み焼きみたいなもんだと思ったらいいよ」

それは、わかった。

「でも、なぜ丼に入ってるの？」

「蕎麦粉を使ったものは、丼に入ってないといけない――亡くなった祖母が、強く言い張りまして……。ミリリットル家では、ガレットは丼に入れるという家訓《かくん》があるんですよ」

真衛門さんが言った。

ふーん……。

でも、こういうのを聞くと、なんだか安心する。

どこの国にも、妙な人たちはいるんだ。それは、フランスとか日本とか、関係ない。

わたしは、丼を持ってガレットをかじる。

うん、おいしい！

ガレットを食べながら、荷車で山道を進む。なかなか異国情緒《じょうちょ》あふれる経験だ。（手に、丼を持ってるけどね）

わたしは、満ち足りた気分で、景色を見る。そして、凍《こお》り付《つ》く。

なんなのよ、この道！

今、荷車は急な坂道に入ってる。カブのギアはローで、一生懸命荷車を引いている。

道の幅は、荷車より少し広いくらい。そして、右側は岩の壁。左側は崖《がけ》になっていて、下を覗《のぞ》き込む勇気は、わたしにはない。ガードレールもない……。

雪でカブのタイヤが滑《すべ》ったら……。もしくは、道が崩れたら……。

怖い考えになってしまった。

「真衛門さん、もっと安全な道は無いの？」

わたしの質問に、

「この道しかないですね。大丈夫、今まで事故は起きてませんから」

真後ろを振り返って、真衛門さんが言った。

頼むから、前を見て！

それに、今まで事故がなかったからって、これから事故が無いって保証にならないじゃない！

ガタガタと荷車が揺れるたび、わたしの心臓は跳ね上がる。

頑張ってね、スーパーカブ！　あんたのパワーと操縦《そうじゅう》性能に、わたしは命を預けてるんだから。


ようやく坂道を抜けて、あたりの山が少し遠のいたとき、荷車は陽炎村に入った。

小さな村だ。石畳《いしだたみ》の道。家は、石造りのものが多い。

こういう風景を見ると、外国の人が「日本の家は紙と木でできている」と言うのが、よくわかる。

「村の人口は、全部で三十九人。今は恭助がいるので、四十人。——今日からは、響子が来たので、四十一人になりました。人が増えるのって、うれしいですね」

カブを運転しながら、真衛門さんが教えてくれた。

「キオスク！」

数人の子供たちが、荷車に乗ってるわたしたちに、手を振ってくる。

「なに、〝キオスク〟って？」

駅の売店？

首をひねるわたし。

「ぼくのことだよ。小さい子には、〝キョウスケ〟って発音は難しいみたいだ」

恭助が、笑顔で手を振り返す。

わたしも、つられて手を振る。

「ずいぶん人気があるのね」

わたしが言うと、

「この村の人たちは、日本人が好きなんだって。ものすごく友好的だよ」

ふーん、そうなんだ。

そういや、真衛門さんのお祖母《ばあ》さんも、日本人だって話だもんね。

フランス人って、他国の文化を認めないようなイメージがあったけど、認識をあらためないといけない。

「キオスク、オ・カリ！」

子供たちの中で、一番小さな子が、恭助に言う。赤いまっすぐの髪は、どことなく恭助の小さいときと似てる。

わたしは、恭助に訊く。

「あんた、あの小さい子に借金でもしてるの？」

「違うよ。あの子――ジャンって言うんだけど、日本語で『おかえり』って教えても、『オ・カリ』としか言えないんだ」

「なるほど」

サッちゃんは、ちっちゃいからバナナを半分しか食べられないのと同じだろうか。

わたしは、子供たちに向かって言った。

「ただいま」

一斉《いっせい》に、

「タダマー！」

と叫ぶ声が返ってくる。

わたしは、異国語を学ぶ難しさを感じた。

手を振って荷車を走って追いかけ転んでベソをかくジャン君。いいなぁ、何事にも全力で。

「ねえ、ジャン君って、恭助の小さいときに似てるね」

「そう？」

わたしは、ジャン君と成長した恭助を見比べる。そして、溜息。

昔は、かわいかったんだよね……。

「その溜息の意味を教えてくれる？」

恭助が、冷たい目でわたしを見る。

「雪、だんだん激《はげ》しくなってきたね」

わたしは、空を見て誤魔化した。

荷車は、村の中心部にある広場を抜け、やがて村の一番奥——お城に着いた。

03　陽炎城とトラブル

見慣れてるって言うと誤解があるかもしれないけど、結構、お城って身近にあるよね。

テーマパークに行けば、ペンキでピカピカに塗《ぬ》られたのがあるし、郊外には、派手な色彩のお城型をしたホテルがある。

でも今、目の前にあるお城は、そんなのと全然違う。

重厚感《じゅうこうかん》……っていうか、本物の重み。灰色の石を積んだ外壁。石と石の間は、漆喰《しっくい》のようなもので固められている。

長い時間がつくりだした雰囲気。わたしは、なんとなく、修学旅行で行った京都《きょうと》のお寺を思い出す。

城の前部には、小さな堀《ほり》があり、緑色の水がたまっている。

堀の真ん中には、張り出し櫓《やぐら》がついた大きな塔。

カブは、その横の二つの櫓と跳ね橋を通って中へ。

「跳ね橋って、普段《ふだん》は上げてあるんじゃないの？」

わたしが言うと、

「もうずいぶん上げてませんからね。動かないような気がします」

照れくさそうに、真衛門さんが言った。

長い間、跳ね橋を上げてない——それだけで、村が平和なんだなと思える。

小さな塔を通ると、雪で覆われた中庭。その塔は衛兵所《えいへいじょ》だと、真衛門さんが教えてくれた。

中庭を囲む三方の壁。

奥と右側の壁が、居城《きょじょう》になってるそうだ。

左側は通路で、通路の奥と居城部の接する部分に、塔が立っている。

「あの塔も、人が住めるの？」

わたしの質問に、

「……ええ、まぁ」

答えにくそうな真衛門さん。どうしたんだろ？

中庭の奥は柵《さく》で囲まれ、家庭菜園になっている。（えーっと……ここ、フランスの古城よね）

しゃがんで作業してる男の人が一人。農作業着の上から防寒着。首に巻いたタオルは、マフラーの代わり？　そして、大きな麦《むぎ》わら帽子《ぼうし》。

ひさしの下にムシロを出して、何か穀類《こくるい》を広げている。

「父の、ミリリットル宗國《むねくに》です」

真衛門さんが紹介してくれたおじさんは、年齢五十歳くらい。身長は百九十センチを超えてるだろう。真衛門さんも背が高いけど、体重は二倍くらい重そう。わたしの頭に、『フランス熊』という言葉が浮かぶ。

西洋人の顔立ちと肌《はだ》の色なんだけど、全体の雰囲気が、東洋人っぽい。

わたしは、頭を下げて言う。

「ぼんじゅうる……(マイネームって、何て言うんだっけ? ……まっ、いいか)野村《のむら》響子です」

わたしは、日本語で押せるところまで押し通すことにする。

すると、宗國さんは、わたしの顔をジッと見てから両手を広げた。

「ああ、日本の方ですね。はじめまして、ミリリットル宗國です!」

流暢な日本語。

真衛門さんのお祖母さん——つまり、宗國さんのお母さんが日本人。ということは、宗國さんは日本人とのハーフ。

どうりで日本語が上手なはずだ。

「父さん。響子は、恭助に会いにフランスに来たんだ。だから、うちの城に泊めてあげたいんだけど——」

わたしに気を遣って、日本語で言ってくれる真衛門さん。その言葉が全部終わる前に、宗國さんは、口を開いていた。

「響子は、恭助を連れに来たのですか？」

えっ……えっと……。

わたしは、答えに困る。

正直に言うと、連れて帰るために来た。でも、そうそううまく行くとは思ってない。だいたい、連れて帰ろうとしたって、そう簡単に帰ってくるような奴じゃないだろう。

それに、恭助に会って思った。今の恭助には、今の生活がある。それをいきなり断ち切って連れて帰るのは、してはいけないことのような気がする。

あれ？

だったら、わたしは何をしに陽炎村へ来たの？

あれだけ苦労して、あれだけたくさんの人に助けてもらって、ようやく陽炎村に来たのに……。

答えに詰まってしまったわたしに、宗國さんが、笑顔で言った。

「響子は、いい子ですね。歓迎しますよ。小さくて古い城だけど、どれだけいてもいいですから」

笑顔のフランス熊さん。

わたしは、黙って頭を下げた。

その後、真衛門さんに案内されて陽炎城の中へ。

雪の戸外から中へ入ってホッとする。

思ったより暖かい。

「暖炉《だんろ》を使ってます。あと、電気による暖房機器もありますから安心してください」

電気は、村の方から引いてるんじゃなくて、自家発電装置を使ってるそうだ。

「この城に住んでるのは、ぼくの妹と弟、父。そして恭助の五人です」

「真衛門さん、お母さんは？」

わたしが訊くと、

「亡《な》くなりました。ぼくが五歳の時のことです」

真衛門さんが、胸から下げてるロケットを見せてくれた。

中に入ってる写真。金髪の、映画女優みたいにきれいな女性《ひと》。

「父は、母が亡くなってから男手一つで、ぼくらを育ててくれました」

〝男手一つ〟って言葉、死語よね……。

「そのことには、とても感謝してます。でも、母のような美人が、父と結婚したこと自体、謎です」

真面目《まじめ》な顔で、真衛門さんが言った。

実の息子から、ひどい言われようだ。

話を聞くと、真衛門さんのお母さんは、何代も続く貴族の出身。

二人の熱愛については、真衛門さん曰《いわ》く、「それはもう、フランス映画のような激しいものでした」とのこと。

でも、幸せな時間は長く続かず、三人の子供を残し、お母さんは亡くなった。

わたしは、恭助を見る。恭助は、小さいときに両親を亡くしている。真衛門さんの気持ちは、よくわかるだろうな。

「響子ちゃんの部屋は、どこにするの？」

恭助が、真衛門さんに訊いた。

「恭助と同じ部屋でもいいですか？」

真衛門さんが、わたしに訊いた。

わたしは笑顔でうなずいたが、恭助は真っ赤な顔で却下した。小心者め……。

「わかりました。部屋は、たくさんありますからね。響子には、恭助の隣の部屋を使ってもらいましょう」

真衛門さんに案内された部屋に、荷物を置く。

そんなに広い部屋じゃないけど、書かなきゃいけないことは、そこじゃない。

ドアを開けたところから、床に畳が八枚敷《し》かれている。そして、畳と壁の隙間《すきま》には、木の板がはめられ、畳が動かないようになっている。

わたしたちは、廊下《ろうか》に靴を脱ぎ、畳に座った。畳を踏むと、なんだか安心する。やっぱりわたしは日本人だ。

「どうして、畳が敷いてあるの？」

わたしは、当然の質問をする。

「ぼくの部屋にも敷いてありますよ。ミリリットル家は、日本びいきなんです」

「…………」

フランスでも、畳って手に入るんだ。そんなことを考える。

なにはともあれ、畳はうれしい。暖炉とベッドに畳の組み合わせは、かなりシュールだけど……。

暖炉に火を入れてから、真衛門さんが、部屋の隅に立てかけてあった卓袱台《ちゃぶだい》の脚《あし》を伸ばした。

灯《あか》りは、壁に開いた穴に蠟燭《ろうそく》を立てるようになっている。

「電気スタンドを用意しましょうか？」

真衛門さんの言葉に、わたしは首を横に振る。

壁にコンセントが来てるから、電気を使えるんだろうけど、せっかく古城にいるのに電気スタンドは似つかわしくない。

ちなみに、コンセントからのコードが、剝《む》き出《だ》しに壁を這《は》っている。この美しくない工事は、宗國さんと真衛門さんがやったのだろう。

「部屋の温度は、暖炉で調節してください」

真衛門さんが、使い方を説明してくれる。

「弟と妹は、また後ほど紹介しましょう。それまでは、恭助とつもる話をしていてください」

ウィンクを一つ残し、真衛門さんが部屋を出て行く。

残される、わたしと恭助。

えーっと……。

あらたまって二人っきりになると、何から話していいかわからない。

恭助も、同じ気持ちなんだろうか。わたしから目をそらし、ナイトの背中をなでている。

手持ちぶさたなわたしは、あらためて部屋を見回す。

八枚敷かれた畳に安心してしまうわたしは、心底《しんそこ》日本人。

暖炉があったり、石の壁に鹿《しか》の頭の剝製《はくせい》が掛かってなかったら、フランスってことを忘れてしまいそう。

壁際に、ちょっと中国風の食器棚が置かれている。よく見ると、壁に固定されてる。地震対策だろう。

わたしは、食器棚から湯呑《ゆの》みと急須《きゅうす》を出した。茶筒《ちゃづつ》の中には緑茶ではなく紅茶の葉が入っていたけど、贅沢《ぜいたく》言ってられない。

「お湯、もらってくる」

恭助が部屋を出る。帰ってきたときには、鉄製のケトルを持っていた。

お茶を二人分いれて、一つを恭助の前に置く。

「どうぞ——」

「どうも……」

これで、間に御煎餅の入った菓子鉢《かしばち》があったら、虹北堂にいるのと変わらない。

恭助も、そう思ったのか、おクマばあさんからもらったカレー煎餅を卓袱台の真ん中に置いた。

「響子ちゃん、高校の方はいいの？」

先に口を開いたのは、恭助だった。

「うん、平気。だって今、冬休みだよ」

「ああ、そうか」

恭助の細い目が、さらに細くなる。

「寒くなって、冬になったのはわかってたけど、もうそんな時期か……」

のんびりした恭助の声。

「この村にいるとね、カレンダーとか時計とか、気にならなくなるんだ」

まるで、日なたぼっこするご隠居《いんきょ》さんのような口調だ。恭助の横で、ナイトも大きなあくびをする。

ああ、もうわかった。

わたしは、訊く。

「そんなにのんびりした村で、どんなややこしい事に巻き込まれてるのよ？」

お茶を飲んで、少し考える恭助。

「どれから話そうかな」

それを聞いてわかった。巻き込まれてるのは、一つじゃないんだ。

「まず、真衛門との出会いなんだけど――」

広場で大道芸をやってる真衛門さんに、泥棒《どろぼう》の疑いがかけられた。商店の金庫が開けられて、お金が取られていたんだって。

その疑いをはらしたのが、通りかかった恭助。

「調べてみたら、以前、真衛門はエクス＝レ＝バンの愚連隊《ぐれんたい》とトラブルを起こしてるんだ。そのときの腹いせに、濡《ぬ》れ衣《ぎぬ》をきせようとしたのが真相」

「でも、さっき置き引きを捕まえたとき、真衛門さんはものすごく強かったよ。愚連隊なんか、すぐにやっつけられるでしょ？」

そう言うと、恭助は溜息をついた。

「世の中には、力では解決できないことの方が多いんだよ。現に、真衛門は罠《わな》に掛けられたしね」

その目が、響子ちゃんも気をつけなさいと言ってる。

よけいなお世話よ！

「で、それ以来、真衛門に頼りにされてるんだ。なにか力で解決できないようなトラブルがあったとき、ぼくに解決してほしいって。その代わり彼は、寝るところと食事を、保証してくれてる」

なるほどね。

恭助が、天井を見上げる。

「次にややこしいのは、宗國さんに頼まれてることかな」

「何頼まれてるの？」

「引っ越ししたいんだけど、もっと便利なお城を知らないかって」

……なに、その不動産屋さんにするような頼み事。

「ぼくがいろんな場所を旅してきてるのを聞いて、それなら掘り出し物の城も知ってるはずだって言うんだ。でも、宗國さんの条件に合う城なんて、ぼくの知ってる限りじゃ一つもなくて……」

「ちなみに、どんな条件なの？」

「家族四人で住むには、もっと小さい城がいいんだって。あと、今より交通の便が良くて、近くに大型ショッピングセンターが欲しいって。隣にコンビニが欲しいんだけど、そこまで贅沢言わないって――」

わたしは、恭助みたいに世界中を旅してないけど、宗國さんの言うような城が地球上に存在しないことくらい、知ってるぞ。

「そんな条件に合うような城、あるはずないでしょ。だったら、城なんか手放して、パリあたりのマンションに引っ越したらいいのに」

「ぼくも、そう提案したよ。でも、ダメだって」

ミリリットル家は、没落してるとはいえ、貴族。そして、貴族は、城に住まなくてはいけない。――亡くなった宗國さんの奥さんが、遺言《ゆいごん》として言ったのだそうだ。

ガレットを丼で食べたり、城に住まなくてはいけなかったり……。ミリリットル家の人は、たいへんだ。

わたしは言う。

「でも、ちょっとばかり安心した。わたし、陽炎村の伝説を読んできたから、それ関係の事件に恭助が巻き込まれてるんじゃないかって思ってたの」

「伝説って、ムスティックのこと？」

うん、確かそんな名前だった。

わたしは訊く。

「恭助もムスティックのこと知ってるの？」

うなずく恭助。

「ムスティックのことが書いてある本が虹北堂にあったけど、恭助も読んだんだ」

「虹北堂に？」

そう呟いた後、恭助は目を閉じる。虹北堂の棚にある本を、順番に思い出してるんだろう。

「その本は、小さいときに図書館で読んだんだけど、店に置いてあったのは覚えてないな」

恐ろしいことに、こいつは、店にどんな本が置かれていたかを覚えてる。

「ぼくが日本を出てから、恭じいちゃんが仕入れたんだろうね」

納得してお茶を飲む恭助。

「本には、まだムスティックの夢が村を支配してるって書いてあったけど、本当？」

わたしの質問に、首を横に振る恭助。

「ああ、ぼくも、それは読んだ。でも、大丈夫。ムスティックの最後の子孫——ムスティック十五世が死んだのって、もう百五十年くらい昔の話だよ。そんな、ムスティックの夢が」

そう言ったところで、恭助の言葉が止まった。

「どうしたの？」

「いや……陽炎村の人たちは、陽《ひ》が暮れた後は、絶対に家の外に出ないんだ。不思議に思って、真衛門に理由を訊いたんだけど、笑って誤魔化された。そういう真衛門だって、ものすごく夜を怖がってる。ひょっとして、ムスティックが関係してるのかな……」

だったら、まだムスティックは村人の心の中に生きてるってこと？

ゾクリとする。暖炉では、暖かい炎《ほのお》が燃えているのに……。

「ムスティックの夢ってなんなの？」

わたしが訊くと、恭助は目を閉じた。

「ぼくも知らない。そういえば、村の人とムスティックの話をしたことがない」

「どうして？」

「何度か、聞こうとしたことがあるんだ。でも、みんなムスティックの話になりそうだって感じると、話を変えたり立ち去ったりしてた」

考え込んでしまった恭助。

わたしは空気を変えようと、話を戻す。

「恭助が頼りにされてるのは、よくわかったわ。あんたの性格だったら、頼りにされたら、そう冷たい態度もとれないでしょうし――。でも、いくら頼られてるからって、一生、ここにいるわけにもいかないでしょ。『お世話になりました。明日から、また旅に出ます』――そう言って、村を出たらいいじゃない」

すると恭助は、うーんと唸った。

「それが、そう簡単にいかないんだ。興行《こうぎょう》のこともあるしね」

「興行？」

「真衛門と一緒に、エクス＝レ＝バンの広場で、大道芸の興行をやってる……っていうか、やらされてるんだ。毎日、宿と食事を提供してもらってるからね。ぼくも、少しはお金をミリリットル家に入れないと」

わたしは、ネットに流れていた記事を思い出す。

一宿一飯《いっしゅくいっぱん》の恩義《おんぎ》は、なかなか重いわね。

わたしも、溜息。

「これで、巻き込まれてる事は、全部？」

「いや……まだ一つあってね」

そうか、まだあるのか。

「それって、村の伝説に関係してるの？」

「いや、この村も伝説も、関係ないんだ……」

それきり口ごもる。

恭助が話すのを待ってるんだけど、なかなか口を開かない。

よっぽどややこしいことのようね。

「ねえ、恭――」

そこまで言ったとき、ノックもなしにドアが開いた。

「ここにいたんですの、恭助ー！」

声と一緒に、ピンクの固まりが飛び込んできた。

ピンクの固まりは、背後から恭助に抱《だ》きつく。はずみで、持っていた湯呑みのお茶をかぶる恭助。

すでに、ナイトは食器棚の上に避難してる。

わたしとピンクの固まりの目が合う。

数秒後、同じ言葉が、わたしたちの口から出た。

「なんなの、こいつ！」

ピンクの固まりは、十代前半の女の子だった。

金色の巻き毛に、ガラス細工《ざいく》のような青い目。ピンク色のフワフワドレスを着た姿は、リアルフランス人形と言うより、等身大萌《とうしんだいも》えフィギュアって表現する方がふさわしい。

さっきまでモノトーンに近かった城内の風景が、一気に華《はな》やかになる。

わたしは、一つ咳払いしてから、さっきと同じ質問をした。

「なんなの、こいつ？」

「美絵留《みえる》。真衛門の妹だよ」

その妹が、どうして恭助の首に腕を回してひっついてるのか？

――なるほど、これが最後の〝ややこしい〟事ね。

美絵留が、わたしを指さし恭助に訊いた。

「なんですの、これ？」

おい、こら、フランス人！　日本語しゃべれるのは褒めてやるけど、〝これ〟ってのは、指示代名詞《しじだいめいし》だぞ。人間相手に使うんじゃねぇ！

「野村響子ちゃん。ぼくの幼馴染み」

「ふーん」

恭助の説明に、わたしをバカにしたように見る美絵留。

〝幼馴染み〟なんて単語を理解するところをみると、美絵留も日本語はペラペラみたいね。

「真衛門から聞いてないの？」

その質問に、肩をすくめる美絵留。

「恭助がどこにいるのか訊いたら、ここにいるってことだけしか言いませんでしたわ」

溜息をつく恭助。

真衛門さん、ややこしい説明は、全てスルーしたみたいね。

「それで、その幼馴染みが何しに来たんですの？」

思いっきり上から目線で、美絵留が言う。

わたしは深呼吸して、お腹に力を入れる。負けるもんか！

「決まってるじゃない。恭助を連れ戻しに来たのよ」

もう、恭助の気持ちなんか気にしてられない。こんなピンクのフランス人形のそばに、恭助を置いとけない。

すると、美絵留は、

「ほーっほっほっほ！」

と笑った。わたしは、本物の人間で、そんな漫画みたいな笑い方をする人に、初めて会った。（だって、こんな笑い方する人間って、たいてい敵役《かたきやく》よ）

「それはわざわざご苦労様なことですね。でも、まったくの無駄足《むだあし》ですわ」

わたしは、〝無駄足〟なんて言葉を知ってる美絵留に、一瞬感心してしまった。（だったら、人称代名詞《にんしょうだいめいし》も正確に使いなさいね！）

美絵留が、さらに恭助にひっつく。

「だって恭助は、わたしと結婚して、ミリリットル家を継《つ》ぐんですもの」

傍観者《ぼうかんしゃ》を決め込んでいた恭助が、口からお茶を吹く。

結婚……。

その言葉が、わたしの頭の中で渦巻く。

視界が白くなっていくのがわかる。

「ちょ、響子ちゃん！　なんだか幽体離脱《ゆうたいりだつ》してるよ！」

恭助が、わたしの肩を揺すぶって言う。

「美絵留は、まだ十三歳だよ。結婚なんかするはずないじゃないか！」

「婚約はできますわ」

シレッとした声の美絵留。

恭助は美絵留を引き離そうとするが、美絵留はタコのようにひっついて離れない。

……なるほど。これは、かなりややこしい事になってるわね。

「さぁ、夕食の時間ですわ。食堂に行きましょう」

立ち上がり、恭助の腕を引っ張る美絵留。

その動きを見て、小柄だけど力持ちだということがわかる。

真衛門さんと同じく、美絵留も何か武道の経験があるのだろう。

恭助の背中を押して、部屋から出て行こうとする美絵留。チラリと振り返って、わたしに言う。

「あなたも食べます？」

食わいでか！


食堂には、五人の人間。

クルミの木で作られた細長いテーブルの端に、宗國さん。その向かい側に真衛門さん。美絵留と恭助は、並んで座ってる。わたしは、恭助の向かい側——いやでも美絵留が目に入る。

「美絵留。もう、響子とは話をしたのかい？」

宗國さんが、美絵留に言った。

「ええ、お父様」

おしとやかに答える美絵留。

「わたし、お姉様がいないので、響子のようなお姉様ができて、とてもうれしいですわ」

聞いていたわたしは、フォークを落としそうになる。美絵留《あんた》、背中から大きな猫を被《かぶ》ってるわね。（フランスでも、猫を被るって言うんだろうか……？）

食事のメニューは、鶏《にわとり》をワインで煮込んだもの、ソーセージとキャベツのサラダ、タマネギの入ったタルト。凝《こ》った料理じゃないけど、ものすごくおいしい。

あと、なぜか丼に入った日本蕎麦。出汁《だし》が洋風な上に、醤油が使われてないので、なん

とも微妙《びみょう》な味。でも、真衛門さんや美絵留は、とても美味《おい》しそうに食べていた。（恭助は、
複雑な顔をしてたけどね）

話を聞くと、これらの料理全部、宗國さんが作ったんだって。（でも、なぜに日本蕎麦
……？）

宗國さんが、わたしを見る。

「美絵留は、小さいときに、母親を亡くしてます。そして、この城は男ばかり。話し相手もいなくて、内気な子に育ってしまいました」

……内気な子？

宗國さんの言葉のせいで、蕎麦が気管《きかん》に入ってしまった。

宗國さん、ひょっとして老眼《ろうがん》？

「仲良くしてやってください」

そう言う宗國さんに、わたしは満面の笑みを浮かべ、言った。

「わかってますわ。わたしは妹がいないので、美絵留さんのような妹ができて、とてもうれしいです」

背中から被った猫が、上手に言ってくれる。

続いて、美絵留に笑顔を向ける。

美絵留も、わたしに向かって微笑む。

わたしたちの間でバチバチ飛び散る火花を感じた恭助が、話題を変えた。

真衛門さんに向かって訊く。

「巧《たくみの》之介《すけ》は?」

巧之介——それが、まだ会ってない真衛門さんの弟なのだろう。

「気まぐれな奴ですからね。今夜は、食事する気にならないのでしょう」

真衛門さんが言った。

食事をする気にならないって……。そんな人もいるんだ。わたしが食欲《しょくよく》を無くすのは、ファッション雑誌を見たときと、身体検査の前日くらいだ。

「恭助。あとで、響子を連れて巧之介の部屋へ行ってみてください」

真衛門さんが言った。案内してくれないんだ。

さっきまではしゃいでいた美絵留も、黙ってる。てっきり、恭助についてくるって言うと思ったのに。

なんだか、真衛門さんも美絵留も、あまり巧之介って人に会いたくないみたいだ。

「巧之介というのは、昔、この村を救った日本人からとった名前なんです」

そう言って、宗國さんが、陽炎村の昔話をしてくれた。

04　地下室の怪人

宗國さんがしてくれた陽炎村の話は、図書室で読んだ伝説の続きに当たるような話だった。

そしてそれは、ミリリットル家の歴史とも関係していた。

ミリリットル家は、元貴族、現没落貴族というように、〝貴族〟を名乗ってるが、元々は陽炎村の農民だ。

それが、なぜ貴族の称号を与えられたかというと、十九世紀末まで歴史を遡《さかのぼ》らなくてはならない。

その頃、陽炎城にはムスティック十五世という領主がいて、陽炎村を治めていたの。

この十五世は、わたしが図書室で読んだ本に出てきたムスティックの最後の子孫だ。

そして、このムスティック十五世は、ご先祖様同様、いい領主ではなかったようで、村の人たちはたいへん苦しんでたんだって。

こういう話を聞くと、日本もフランスも、あまり変わりないんだと思う。

悪いお殿様《とのさま》と圧政に苦しめられる農民なんて、夕方の再放送の時代劇を見てたら、よくあるシチュでしょ。縮緬問屋《ちりめんどんや》のご隠居さん御一行様がやってきて、お殿様を倒して去っていくのも、お決まりのパターン。

陽炎村にも、そんなご隠居さん御一行様がやってきたんだって。

もっとも、このご隠居さん御一行様は、みんな揃って来たわけではない。

最初に来たのは、女性。女性は、生き別れになった父親を捜してる途中で、行き倒れ状態で村の人たちに助けられた。

長く辛《つら》い旅をしてきた女性は、完全によくなるのに長い年月がかかった。

しかし、体が治った女性の動きは、村の人たちを驚かせた。まるでサーカス芸人のような、重力を感じさせない動き――村の人たちは、彼女のことを〝風《ふう》〟と呼んだ。

次にやってきたのは、二人の日本人男性、なぜか、ハワイからやってきたんだって。

ツンツンの髪の毛をした男性は、ちっとも強そうに見えないのに、とても強かったそうだ。不思議な剣術を使って、村の人たちからは〝武《ぶ》〟と呼ばれた。

この剣術を、宗國さんのご先祖様は教えてもらい、今でもミリリットル家に伝わっている。もっとも、今は、人助けではなく大道芸に使ってお金を稼いでるけどね。

「いやぁ、ぼくの剣術なんて〝武〟に比べたら、子供だましですよ」

宗國さんが〝武〟の話をしたとき、真衛門さんは、そう言った。

「なにせ〝武〟は、最終的に素手《すで》で物を切断するところまで、剣術を極《きわ》めたそうですからね。ぼくは、まだまだです」

素手で物を切断する――それはファンタジーの世界の話だ。でも、宗國さんは、確かに〝武〟は素手で物を斬ったと断言した。

陽炎村の人たちも、同じように思っているだろう。

〝武〟と一緒に来たのは、痩《や》せて背の高い男。彼は、名探偵を名乗り、村で起こっていた怪現象の謎も解いたんだって。その結果、村の人たちは彼を〝知《ち》〟と呼んだ。（もっとも、この名探偵は、ご飯をものすごく食べたそうで、〝食欲魔神《しょくよくまじん》〟とも呼ばれたそうだ）

この三人が、村の人たちと協力して、ムスティック十五世を倒して城から追い出したんだって。

十五世がいなくなった陽炎城。本来なら、三人が新しい城主になるんだろうけど、この三人はお城に残るのを嫌がった。

〝風〟と〝武〟は結婚し、いつの間にか、陽炎村から姿を消した。

〝食欲魔神〟——じゃなくて〝知〟は、北の方においしい物があると聞き、イギリスの方へ渡っていった。（一説では、村の食料を心配した人たちが、「イギリスには、おいしい物がありますよ」と吹き込んだとのこと）

その結果、村の人間で活躍した宗國さんのご先祖様が、貴族の称号を与えられ陽炎城に住むことになったそうだ。

「〝武〟は、巧之介という名前だったんです。ミリリットル家のご先祖様が亡くなるとき、いつか黒い髪と瞳《ひとみ》の男の子が生まれてくるから、その子に『巧之介』という名前をつけるように言ったのです」

質実剛健《しつじつごうけん》、弱きを助け強きをくじく——話を聞いていて、そんな〝武〟のイメージができていた。

「巧之介さんも、〝武〟みたいに、強いんですか？」

わたしは、宗國さんに訊いた。

「……強いと言えば、強いですね」

答えにくそうな宗國さん。

「ただそれは、真衛門のような強さではありません。なんていうか……そう、〝弱くない〟というのが正確でしょうか」

宗國さんが考え込む。

「わたしの日本語では、これ以上うまく言えません。かといって、フランス語でもなんと言ったらいいのか……」

「巧之介は、巧之介です。それ以外、言いようがありません」

助け船を出す真衛門さん。

美絵留も、うんうんとうなずく。

「確かに、その通りです。わたしも言葉が見つかりません」

巧之介さんは、家族から距離を置かれている——宗國さんたちの話を聞いていて、思った。

「響子ちゃんも、会えばわかるよ」

恭助が、小声で言った。

夕食後、わたしと恭助は、巧之介さんの部屋に行く。

ナイトキャップを被った真衛門さんは、

「夜は、早く寝るものです。というわけで、おやすみなさい」

ついてきてくれなかった。

美絵留も、ついてこない。結局、わたしと恭助だけで行くことになった。

燭台《しょくだい》を持った恭助が、先を歩く。

その後に、ピッタリ寄り添《そ》う。わたしは灯りを持ってないので、離れると暗くて危険なの。

巧之介さんは、塔の地下室に住んでいるそうだ。

わたしは、恭助に訊く。

「恭助は、巧之介さんに会ったことあるんでしょ」

わたしの前で、恭助が黙ってうなずいた。

「どんな人？」

「うーん……」

返事に困る恭助。

「どんなって言われても、困るんだ。会ったことがあるって言っても数えるほどだし、話したことは十回くらいしかないんじゃないかな」

恭助、確か八月頃から、ここにいるよね。なのに、十回くらいしか話してないの？

とにかく、恭助から聞いてわかってることをまとめると——。

年齢は、わたしたちより下。美絵留と同じくらいかな。日本語は、上手。いつも、塔の地下室に籠もって本を読んでる。〝引きこもり〟って言葉が、ピッタリ。

「どうして、地下室がいいのかな？」

「さぁね。個人の趣味《しゅみ》じゃない？」

なるほど。世の中、いろんな趣味があるからね。

「部屋に籠もって本を読むって——恭助に似てるね」

わたしが言うと、恭助は首を横に振った。

「ぼくは、彼ほど人付き合いは悪くない」

人付き合いの悪い恭助に、そこまで言われるとは……。

石の階段に響く足音。

壁では、わたしたちのデフォルメされた影が、奇妙なダンスを踊《おど》ってる。

地下に下りたわたしたちは、狭い廊下を進む。

廊下の突き当たり——そこが、巧之介さんの部屋。

鉄の板で補強された木のドア。恭助が、ノックした。

返事は無い。

「お留守かな？」

わたしの質問に、恭助は首を横に振る。

「そんなはずない。彼はほとんど城の外に出ない。だから中にいるはずなんだが――」

恭助がドアを押す。

ギシシシと軋《きし》みながら、ドアが開いた。

蠟燭の灯りが、部屋の中を照らす。

そこは、わたしが使ってる畳敷きの部屋とは、全く違った。

地下牢《ちかろう》――それが、真っ先に浮かんだ言葉だ。

足を踏み入れたわたしたちに、

「ノックの返事がないのに、日本人は部屋に侵入《しんにゅう》するのか？」

部屋の奥。暗闇の向こうから、声がした。少年と言うより、男の子の声。

この声の主が、巧之介さんだろう。

「日本人が国際的に認めてほしいのなら、マナーは身につける必要がある」

その言葉に、恭助も言う。

「部屋の中にいるのなら、ノックに対して、なんらかの反応をするのがマナーだと思うよ。それとも、ノックを無視するのがミリリットル家の家風なのかい？」

「…………」

しばらくの沈黙《ちんもく》。

このやりとりを聞いて思った。恭助と巧之介さんは、仲が悪い。

巧之介さんが言った。

「ぼくに話があるのなら、テーブルの蠟燭に火をつけたまえ」

この言い方。どうやら、わたしたちと話をする気になったようだ。

恭助が、部屋の中央に置かれたテーブルに近づき、持っていた燭台の火を蠟燭に移した。

三本の蠟燭が、部屋の様子を浮かび上がらせる。

まず目に入ったのが、壁一面の本棚。そこに収まりきらなかった本が、床に積まれている。

空気は澱《よど》み、書物の黴《かび》くさい匂《にお》いが充満《じゅうまん》している。これ、虹北堂の匂いに似てる。

巧之介さんは、部屋の奥に置かれた木のベッドに横たわっていた。

わたしたちの方に、顔を向ける。

黒い髪に黒い瞳。でも、信じられないような白い肌。わたしは、初めて『白人』という言葉を理解したように思った。

それは、美しい白さではない。はっきりいって、病的な白さ。

巧之介さんは、黒縁の眼鏡の奥から、わたしたちの方をジッと見ている。感情のこもってない目は、爬虫類《はちゅうるい》を思わせる。

何より驚くのは、彼が黒い学生服を着ていること。フランス人の少年が、日本の学生服を着ている。しかも、妙に似合ってる。

巧之介さんが、上半身を起こした。両手は、上着のポケットに入れている。

恭助は、この部屋を訪れた目的を思い出したのか、彼を手で示し、言った。

「ミリリットル巧之介」

素っ気ない紹介の仕方だ。

「あっ……どうも。えーっと、ぼんじゅうる」

しどろもどろに言って、わたしは握手《あくしゅ》のための右手を出した。

「野村響子ちゃん。ぼくの幼馴染みだ」

恭助が、わたしの紹介をしてくれた。

「…………」

わたしが出した手を、黙って見つめる巧之介さん。

しばらく考えてから、服のポケットに突っ込んでいた手を出した。

その手には、赤いバラが一輪。

──巧之介さんって、いつもポケットにバラを入れてるの？

彼の白い肌と黒い学生服、そして赤いバラ。三つの色が、ゆらりと揺れる。

わたしの手に、巧之介さんはバラを乗せた。

そして、ベッドから立ち上がり、壁際のテーブルに向かうと、蠟燭に火をつけた。

テーブルの上に、タロットカードの山が一組。

それを左手で持つと、テーブルの上にカードを広げる。

流れるような手つき。わたしには全然わからないんだけど、何かの法則の下に手を動かしてるみたい。

しばらくして、数枚のカードがテーブルの上に不思議な紋様《もんよう》を描いた。

その中の一枚を指で挟み、巧之介さんが恭助に訊いた。

「きみは、占《うらな》いを信じるか?」

首を横に振る恭助。確かに、恭助は占いや予言の類《たぐい》を、いっさい信じてない。

わたしは手を挙げて言う。

「わたし、信じる方! 星座もタロットも、血液型も、みんな信じるわ」

すると、巧之介さんは、とても微妙な顔になった。

そして、わたしを無視して言う。

「ぼくも、信じてない。ただ、不幸なことに、ぼくの占いは、よく当たる」

「……………」

「これからの数日、よくないことが起こる」

断言した。

蠟燭が、ジジジと音を立てる。

巧之介さんが、わたしの方を見る。

その笑顔——微笑みたくて微笑んでるというより、「笑顔を作れ」というプログラムを忠《ちゅう》実《じつ》に実行してるって感じ。

「響子だったね。陽炎城も陽炎村も、きみを歓迎するよ」

右手を差し出す巧之介さん。

その手……なんだか、とても握りにくい。


自分の部屋の前で、恭助と別れる。中に入って、ドアを確かめる。

古い閂《かんぬき》の鍵がついてる。大きくて重い。これなら、針《はり》と糸で操作できない。

わたしは、ドアに閂をかけて、ベッドに入った。

そこまで慎重《しんちょう》にしなくてもいいのかもしれない。でも、わたしは、部屋の外から何か侵入してくるような感じがしてたまらない。

目を閉じると、そのまま意識が遠のいていく。感じてなかったけど、とても疲れてたみたい。


こうして、陽炎城での一日が終わった。

とにかく、恭助に会うことができた。これから先どうなるかわからないけど、今、わたしは幸せだ。

それで、いい……。


でも、わたしは知らなかったんだ。

今夜、陽炎村で、たいへんなことが起きてたのを……。

05　夜……歩いた

食堂での朝ご飯。

わたしと恭助の前には、ご飯の入ったお茶碗《ちゃわん》と、味噌汁《みそしる》(のようなもの)。あと、得体《えたい》の知れない魚を焼いたものと、だし巻き玉子。

味噌汁は微妙だったけど、だし巻き玉子は、とても美味しかった。

それを告げると、宗國さんが満面の笑みを浮かべる。

その宗國さんたちは、クロワッサンの朝食。あと、薄《うす》く焼いたホットケーキみたいなもの。それに芥子《からし》を塗って食べている。

「そば粉を焼いたものですよ」

真衛門さんが教えてくれた。

今朝も、美絵留は恭助の横でニコニコしてる。

この朝食の席に、巧之介さんはいない。彼は、ほとんど、ご飯は食べないんだそうだ。

わたしは、頭の中にカレンダーを思い浮かべ、宗國さんに訊いた。

「そういえば、昨日はクリスマスでしたよね?」

「そうですよ」

クマのぬいぐるみみたいな笑顔で、宗國さんがうなずいた。

「わたし、ヨーロッパのクリスマスって、もっとにぎやかだと思ったんですが、わりと普通なんですね」

日本やパリの空港は、クリスマスムードにあふれていた。

それが昨日、陽炎村に着いてからは、とても静かだった。

陽炎村の人って、クリスチャンじゃないのだろうか？

「それは、響子の勘違いですね。この村の人たちは、敬虔《けいけん》なクリスチャンです。我が家も、ちゃんとクリスマスを祝いましたよ」

宗國さんが、暖炉の上をさす。そこに、高さ十センチくらいのクリスマスツリーが、ちんまり置かれていた。

「この村の人間は、神を信じてます。この世を創造し、数々の奇跡《きせき》を起こすことができる存在——そういう存在を、ぼくらは信じてます」

真衛門さんが、口を挟んだ。

「響子は、神を信じてないんですか？」

そう質問され、困ってしまう。

確実に言えるのは、宗教に関して、わたしはとてもいい加減な人間だってこと。

困ったときには、神頼みしたくなる。それは別に、どんな宗教のどんな神様だってかまわない。

また、聖書なんかに書かれてることも、信じちゃいない。もし聖書が事実なら、恐竜《きょうりゅう》の立場が無い。だって、恐竜はノアの箱船《はこぶね》にも乗ってないし聖書にも書かれてないんだもん。

だけど、無神論者《むしんろんじゃ》って言うほど、きちんと生きてない。

つまり、わたしはいい加減ってことだ。

いい機会だと思ったので、わたしは真衛門さんに訊く。

「昔、この村はムスティックって人がおさめていたんですよね。その人は、不思議な妖術を使ったって本を読んだことがあります」

瞬間、空気が固まった。

でも、あえてわたしは続けた。

「神様が起こす奇跡を信じられるってことは、ムスティックが使う妖術も信じられるってことですよね？」

誰も何も言わない。

世界が無声映画になってしまったかのようだ。

ひょっとして、地雷《じらい》を踏んでしまったのだろうか……。

うつむきがちに食事をするミリリットル家の人々。

恭助は、わたしを非難の目で見るし……。

このままでは、わたし、泣き出しそう。

そんなピンチを救ってくれたのは、食堂に飛び込んできた男の人だった。

宗國さんより十歳くらい年上だろう。頭は、きれいに禿《は》げ上がってる。

「村長さんです」

真衛門さんが、わたしたちに教えてくれた。

村長さんは、宗國さんに近づくと、早口のフランス語で何か話し始める。

日本語ペラペラの真衛門さんたちに囲まれてて忘れてたけど、ここはフランスで、わたしはフランス語がわからない。

話しながら、ときおり、村長さんがわたしや恭助の方を見る。その目は、友好的な雰囲気とは、ほど遠いもの。

わたしは、恭助に訊く。

「村長さん、なんて言ってるの?」

「早口で、よくわからないけど……ぼくや響子ちゃんが、城から出てないかって訊いてる」

恭助だって、そんなにフランス語が得意な訳じゃない。

真衛門さんが、補足してくれる。

「昨夜、二人はずっと城にいたかと確認しています。父は、二人が出てないことを伝え、どうしてそんなことを訊くのか質問してます」

そこで、真衛門さんの言葉が止まった。

目を見開き、村長さんの口元を見ている。

「ムスティックが……出た……？」

えーっと……ムスティックって、さっきまで話に出ていたムスティック？

昔、この城に住んでいて、陽炎村の人を苦しめた領主。

そのムスティックが出たって、どういうこと？

恭助も、驚いた顔をしてる。

村長は、宗國さんの制止を振り切り、わたしと恭助の前に立った。

怒《おこ》った顔で、わたしたちに向かって手を振る。

何言ってるかわからないけど、「この村から出てけ！」って字幕を入れても間違いではないだろう。

恭助が立ち上がった。

小柄な恭助は、村長さんより頭二つくらい低い。

「真衛門、通訳して。ぼくのフランス語だと、細かいニュアンスが伝わらないかもしれないから——」

そして、ゆっくりした日本語で言った。

「ぼくたちは、昨日の日暮れ以降、城を出ていません。昨日は、午後八時くらいまで雪が降っていました。城の周りの雪を見ていただいたら、ぼくらの足跡が無いことがわかるはずです」

真衛門さんの通訳を聞いて、村長さんが食堂を出て行く。

しばらくして帰ってきた村長さん。さっきまでの興奮《こうふん》は、収まっている。

「確かに、自分がここに来たときの足跡しかついてなかった。おまえたちが、雪の地面を歩いて外へ出なかったことは認めよう」

真衛門さんが、村長さんの言葉を訳してくれる。

村長さんの言葉は、続く。

「しかし、城の外へ出なかったという証明にはならない。なぜなら、ムスティックなら空を飛ぶくらい簡単だろうからな」

なんなの、それ？　ムスティックって、ムササビ？

村長さんの言葉を聞いて、恭助が肩をすくめる。

「そんなことができるのなら、この場から飛んで逃げますよ」

「…………」

村長さんが、言葉に詰まる。

恭助、グッジョブ！　フランスにいて、なかなかユーモア感覚がついたじゃない。

聞いていた美絵留も、吹き出さないように口を手で押さえてる。

村長さんは、顔を真っ赤にして帰って行った。

恭助は、何事も無かったかのように、食事に戻っている。

「ムスティックが出たって、どういうこと？」

わたしが訊くと、

「ぼくらには関係ない」

恭助は、わたしを見ない。

決して大きな声じゃない。でも、それ以上なにを言っても聞いてくれないような、強い意志を感じさせる言葉だった。

「それより、早く食事を終えないとね。——大道芸に行く時間だ」

後半は、真衛門さんに向かって言う。

真衛門さんが、宗國さんを見る。

首を横に振る宗國さん。

「ムス……この件が片づくまで、大道芸は中止だ」

ムスティックって言いかけて、言葉を選び直す宗國さん。

続いて、恭助に言う。

「ミリリットル家は、陽炎村の治安に責任があります。村長から報告を聞いた以上、我々は解決しないといけません」

「そうですか。ミリリットル家の人間ではないぼくには、関係ないことですね」

ゾクリとするような、恭助の言葉。〝冷たい〟なんて言葉じゃ表現しきれない。

宗國さんが、うなずいた。

「その通りです。それに、心配いりません。恭助、きみはミリリットル家の客人です。何があっても、我々が守ります」

「そうそう。安心してね、恭助！」

美絵留が、恭助に抱きつく。

しかし、恭助の冷たい目を見て、ビクッと離れる。

立ち上がる恭助。

「ありがとうございます、宗國さん。じゃあ、ぼくはしばらく部屋で休ませてもらいます」

恭助が、食堂を出て行く。

ミルクを飲んでいたナイトは、急いで食事を終えると、恭助の肩に飛び乗った。

美絵留が、わたしのそばに来て、小声で訊いた。

「恭助……あんな怖い目するときがあるんですね」

わたしは、何も言えない。

今は、恭助より重要なことがある。

わたしは、真衛門さんに訊いた。

「ムスティックが出たって、どういうこと？」

「心配いりませんよ。きっと、何か見間違えたんです。見たって言ってるアポーさんは、村で一番そそっかしい人間ですから」

真衛門さんも、〝ムスティック〟って言葉を口にしたくない感じ。そして、村長さんの話をまとめてくれた。

アポーさんは、村はずれに住んでいる猟師《りょうし》だそうだ。

歳は六十代後半。三人いた息子は都会に出ていて、今は奥さんと二人暮らし。

夜の八時――。

アポーさんは、揺り椅子《いす》に座って奥さんと話をしていた。

そのとき、外の方から、

「切られる！」

という、悲鳴にも似た叫び声を聞いたんだって。（これは、アポーさんだけでなく奥さんも聞いている）

アポーさんは驚いた。この陽炎村で、陽が暮れてから出歩く人はいない。つまり、外で声がするはず無いんだ。

なのに……。

続いて、玄関のドアにノックの音。

アポーさんは、さっきの声が聞き間違いではないとわかった。

アポーさんは、猟銃《りょうじゅう》を持つと、ドアを開けた。

そこには、甲冑のようなものをつけた人間が、丸く束《たば》ねたロープを持って立っていたそうだ。

ムスティックだ！　――アポーさんは、そう直感したんだって。

なんでも、おじいさんから聞いたムスティックは、いつも甲冑を着て所かまわず剣を振り回したと。

「とるぞ……」

聞き取りにくい声で、ムスティックが言った。

どんな凶暴《きょうぼう》な獣《けもの》と遭遇《そうぐう》しても感じない恐怖《きょうふ》を、アポーさんは感じた。

——とる……？　何をとるんだ？　わしの命か？

アポーさんは、手入れをしていた猟銃を、震える手で構えた。

そして、銃爪《ひきがね》を引いた！

震えてるため、弾丸《だんがん》は外れた。

次の弾丸を装塡《そうてん》しようとして、アポーさんは、ガウン姿だったことに気づく。

急いで弾丸を取って玄関に戻ってくると、ムスティックはいなかった。

夢だったのか……。

そんなことを思ったが、

「あなた……」

奥さんが、玄関先に広がる雪野原を指さす。そこには、乱れた足跡が、闇の向こうに続いていた。

「アポーさんは、追いかけなかったの？」

そう訊くと、真衛門さんは、首を横に振った。

「そんなことするはずありません。この村の人は、陽が暮れたら、家から出ませんから」

「でも……」

陽が暮れたら、外に出ないってのは聞いていた。でも、そんなときでも律儀《りちぎ》に守るの？

村の決まりでもないのに——。

「村の決まりじゃなくて、自分で決めてるから守るんですよ」

真衛門さんが、わたしの疑問に答える。

「日本人の響子なら、わかると思うんです。ここに、神様が住むという池があったとします。響子は、その池にゴミを捨てられますか？」

わたしは、首を横に振る。

そんなこと、できるわけない。

「池の縁に、『ゴミを捨てるな』って立て看板《かんばん》は必要ですか？」

また、首を横に振る。

真衛門さんが、ニッコリ微笑む。

「わかりましたか。そういうことです」

うーん……。なんとなく、誤魔化されたような気がする。

真衛門さんが、考え込んでしまったわたしの肩をポンと叩く。

「心配いりませんよ、響子。さっきも言ったでしょ。アポーさんは、そそっかしい人だって。きっと、クリスマスを祝うワインを飲み過ぎて、鹿を見間違えたんです」

でも、そう言う真衛門さん自身が、自分の言葉を全く信用してないのがわかる。

ドアをノックする鹿などいない。

甲冑を着た鹿などいない。

それに、雪に残された足跡を見たら、鹿か人か区別がつく。

そうだ、足跡！　わたしは、真衛門さんに訊く。

「夜が明けてから、アポーさんは足跡を追いかけたんでしょ。どこへ続いていたの？」

「ダメでした。足跡は、岩場で途切《とぎ》れてたそうで、それ以上の追跡は無理だったそうです」

……ダメか。

その後、アポーさんはムスティックの正体について考えた。

ムスティックが訪《たず》ねてきたのは、夜。つまり、陽が暮れても外を出歩ける人間だ。そんな者は、村の中にいない。……いや、いるぞ。

陽炎城に日本人が滞在してるという話は聞いている。やつらは余所者《よそもの》だから、夜を怖がらない！

自分の考えに自信を持ったアポーさんは、村長に伝える。

そして、村長は陽炎城へやってきたというわけだ。

「この村の人で、夜に外を歩ける人は、本当に誰もいないの？」

うなずきかけた真衛門さんの動きが止まった。

「いや、一人だけいます」

「誰？」

「巧之介です。あいつは、まったく夜を恐れてません」

なるほど。

そういや、昨日訪ねたときも、部屋を真っ暗にしてたっけ。

じゃあ……巧之介さんが、アポーさんの家を訪ねたってこと？　いや、納得できない。

あの巧之介さんが、そんな面倒《めんどう》なことをするとは思えない。

それに、訪ねる目的がわからない。

なるほど、村長さんが、わたしたちを怪しむ気持ちもよくわかる。

理解できないのは——。

「どうして、この村の人は、ムスティックをそんなに恐れるの？　もう、ずっと昔に死んでる人なんでしょ」

わたしの質問に、困った顔をする真衛門さん。

「怖いものは、怖いんですよ」

「そんなの理由になってない。そんなの……まるで、子供じゃない！」

わたしは、本に書いてあったことを思い出す。

「村の人は、ムスティックの夢を怖がってるって書いてあった。なんなの、ムスティックの夢って？　昨日の夜、ムスティックが現れたことに関係するの？」

そう訊いても、真衛門さんは何も教えてくれない。

それは、意地悪で教えてくれないのではなく、知らない方が幸せだから。——真衛門さんの顔が、そう言ってる。

「……ごめんなさい」

わたしは、無理に訊くのを止《や》めた。

真衛門さんが言う。

「ぼくは、この後、アポーさんのところへ行ってきますが、響子と恭助はどうしますか？」

「わたしも一緒に行く。恭助も部屋から引っ張り出して、連れてこうよ。真衛門さん、知ってる？　恭助、魔術師《マジシャン》みたいに、謎を解いちゃうんだよ」

そう言いながらも、わたしは少し不思議だった。

確かに、恭助は自分から事件に関わろうって性格じゃない。でも、さっきみたいな冷たい目をするようなことはなかったはずなんだけどな……。

わたしの言葉を聞いた真衛門さんが、少し哀しそうな顔をする。

「人に見えないものが見えるというのは、幸せなことだけではないでしょうね」

そして、優しく微笑んだ。

それは、さっき恭助がとった態度――その理由を知ってる顔だ。

一方、美絵留は落ち込んだまま。天真爛漫《てんしんらんまん》に明るい女の子が鬱《ふさ》ぎ込んでると、こっちまで暗くなるわね。

わたしは、美絵留の肩を抱きしめると言った。

「恭助のバカに言っとくからね。女の子に抱きつかれて微笑むことのできない奴は、閻魔《えんま》様《さま》に舌を抜かれるって」

「エンマサマ？」

わからないという顔をする美絵留に、

「日本にいる恋《こい》の女神様。とっても強いんだよ」

適当なことを言って、ウィンク。


わたしは、恭助の部屋へ。

ノックしても返事はない。だから、勝手に中へ入る。

そこは、わたしが借りてるのと同じ、畳の敷かれた部屋。

恭助は、畳に腹這《はらば》いになって、ナイトをじゃらしていた。入ってきたわたしを、見ようともしない。

「真衛門さんが、ムスティックを見たって人の所へ行くんだって。恭助も一緒に行こうよ」

「……行かない」

予想された返事。

わたしは、ナイトの横に腹這いになる。

目の前に、恭助の顔。

ふと、昔のことを思い出す。

「ねえ、保育園の時も、こんなことあったよね」

「…………」

「みんなで川遊びしようってときに、恭助だけ行かないって言ったよね」

恭助が、チラリと顔を上げた。どうやら、思い出したみたい。

あのとき、恭助は床に腹這いになって絵を描いていた。わたしは、恭助に顔を近づけて訊いたんだ。

「あまりに恭助が反対するから、みんなも行く気がなくなったけど、どうしてあのとき行かないって言ったの？」

「…………」

「わたしが風邪気味だって知ってたからでしょ」

川に行ったら、わたしの風邪がひどくなる。でも、わたしに「風邪気味だから川に行かない方がいい」って言っても、無駄。そんなことを、わたしが大人《おとな》しく聞くわけない。

だから、恭助は自分が反対することで、川行きを中止にさせた。

「今、わたし風邪ひいてないよ」

「…………」

恭助は、返事をしない。

わたしは、部屋の隅にかけられたマントを持つと、言った。

「行くよ、恭助！　あのとき川遊びしたら、あまりに楽しくて、風邪なんか吹っ飛んじゃったかもしれないんだよ。そりゃ、高熱出して寝込んだかもしれないけど……。そんなの、やってみなきゃわからないじゃない。——だから、行くよ！」

わたしは、恭助を引っ張り起こした。

渋々《しぶしぶ》立ち上がる恭助。

その背中を、わたしはバンと叩いた。

「大丈夫。もし恭助が風邪ひいたら、わたしが看病してあげるから！」


無言の恭助を連れて、真衛門さんと一緒に城の外に出た。

「よく、恭助を連れ出せましたね」

感心する真衛門さんに向かって、胸を張る。年季《ねんき》が違うわよ、年季が！

村のメイン街道を歩いてると、木陰《こかげ》から子供たちがこちらを見ている。

恭助が手を振ると、数人の子がビクッと反応する。そして、そのまま逃げていった。

ジャン君だけが、トコトコと恭助に近づき、フランス語で言った。

それを聞いた恭助の顔が曇る。

「なんて言ったの？」

わたしが訊くと、

「親に言われたんだって。『陽炎城の日本人に近づくな』って——」

「…………」

なんだか、たった一晩で、わたしたちへの友好ムードは消え去ったみたい。

「ジャン！」

道の向こうで、男の子が呼んでる。ジャン君は、恭助に手を振って走っていった。

「大丈夫だって、恭助」

わたしは、彼の肩をポンと叩く。

「わたしたちとムスティックが関係ないってわかったら、きっとまた昨日みたいに笑ってくれるって」

「うん、そうだね」

そう答える恭助の顔は、ちょっと無理があるけど、大丈夫。

空元気《からげんき》も元気のうちって言うからね。

わたしたちは、村の西側に着いた。そこは、何段もの切り立った崖があり、昔の住宅造成地を思わせる。

人家は、アポーさんの家があるだけ。あとは、雪を被った木や岩だけだ。

真衛門さんが、アポーさんの家のドアをノックする。

出てきたのは、背の高い老人。この人が、アポーさんだろう。

真衛門さんを見て、アポーさんが両手を広げる。大歓迎の顔だ。

そして、真衛門さんの後ろにいるわたしたちを見た。最初、ビクッとしたんだけど、すぐに優しそうな顔になった。

どうやらアポーさんは、わたしたちとムスティックと関係がないと思ってるようだ。

「身長だよ。昨夜見たムスティックの身長と、ぼくの身長が違うから、無関係ってわかったのさ」

恭助の説明。

わたしはホッとする。ここで急に怖い顔になって猟銃を持ち出されたら、洒落《しゃれ》にならないもんね。

アポーさんに招かれて、家の中へ。

暖かい。

奥さんが、湯気の立つレモネードを出してくれた。

これも温かい。そして、甘い。

真衛門さんが中心に、アポーさんに話を聞く。

恭助は、ある程度フランス語がわかるからいいけど、わたしは音声切り替えのできない洋画を見てる気分。

退屈なので、室内を見回す。

木の家具。長い年月、大切に使われてきたのがわかる。窓枠《まどわく》に置かれた人形、タンスの上に並んだ、たくさんの写真。

まるで、ファッション雑誌のグラビアに出てきそうだ。

わたしは、奥さんと目があってニッコリ。親指をグッと突き出す。(「グッジョブ」は、英語よね……。フランス語の「グッジョブ」、調べときゃ良かった)

すると、真衛門さんが日本語でわたしに訊いた。

「響子も、なにか質問したいことはありませんか？」

そんなものはない。（「グッジョブ」を訊こうかと思ったけど、それは本題からずれてるし）

でも、ここまで来て、フランス民家の見学だけをして帰るのももったいない。

だから、わたしは言った。

「じゃあ、『アポーさんは猟師になって長いんですか？』って訊いて」

複雑な表情の真衛門さん。「わざわざ、そんなことを訊くのか？」という顔をしてる。（それでも質問してくれたんだから、真衛門さんは優しい）

アポーさんは、もう五十年以上猟師をやってると、笑顔で答えてくれた。

そして、たくさんの獣との戦いを話してくれた。それはまるで、孫に自慢話するおじいさんみたい。

「そんなに長いこと獣と戦ったアポーさんでも、ムスティックは怖いんですね」

何気なく言ったわたしの言葉。真衛門さんの訳が止まる。〝ムスティック〟という言葉が入っているからだろう。

それでも、少し考えてからフランス語にしてくれた。

アポーさんから、笑顔が消えた。

「我々猟師は、自然の怖さを知っている。そして、自然を畏《おそ》れている。ムスティックは、自然と同じようなものだ。——人が太刀《たち》打《う》ちできる相手ではない」

ムスティック——陽炎村のかつての領主。その最後の子孫も今から、百五十年以上も昔に死んでる。

なのに、どうしてこんなに恐れられてるんだろう……。

「わしだけじゃない、村の者はみんな——」

そこまで言って、真衛門さんが口を閉ざした。

わたしは、首をひねる。なんで、アポーさんの言葉を訳すのを止めたんだろう。

「知らない方がいいですよ」

真衛門さんが言った。とても優しい笑顔だ。

でも、

「『村の者はみんなムスティックの夢を恐れてる』——真衛門、ムスティックの夢ってなんだい？」

恭助が、勝手にアポーさんの言葉を訳した。

溜息をつく真衛門さん。

そして、何回訊いても、ムスティックの夢については教えてくれなかった。アポーさんも、話しすぎたというように、口を閉ざす。

なんなんだろう、ここまでみんなが口を閉ざすムスティックの夢って……。

「さて、そろそろ帰りましょうか」

真衛門さんが、立ち上がる。

わたしは、最後に言った。

「アポーさんが見たムスティックを、絵に描いてください」

〝まかしとけ！〟って感じで、スケッチブックを広げるアポーさん。

鉛筆《えんぴつ》が紙に擦《す》れる音が、しばらく続いた。そして数分後――。

スケッチブックに描かれたのは、甲冑と言うより子供向けヒーローのプロテクターのようなものをつけたムスティックの姿……。

『宇宙人の目撃者《もくげきしゃ》に、絵が上手な人はいない』――わたしは、この鉄則は全世界共通だということを学んだ。


「さて――」

アポーさんの家を出たわたしは、恭助に言う。

「謎を解いてよ」

すると、恭助は、困った顔でわたしを見た。

「……どうしてぼくが、謎解きしなきゃいけないんだい？」

わたしから目をそらして、恭助が言った。

「だって、これくらいの謎、恭助なら簡単に解けてるんでしょ。それに、わたしたちが疑われてるのよ。謎解きするのが当然でしょ」

そのときの恭助の顔――わたしは、今までに、そんな顔を見たことがない。

なんて言えばいいんだろう……。

哀しみ？　恐怖？　うーん、うまく言えない。

お母さんだと思って手をつないでいた人が、まったく知らないおばさんだと気づいたとき、そんな顔をするのかもしれない。

「恭助、どうかしたの……？」

そう訊いたとき、わたしたちは村長さんと遭遇した。

遭遇したくなかったのに……。

わたしと恭助をチラリと見てから、何か言った。フランス語だったから正確なことは言えないが、解答用紙に『何をしてるんだ？』と書いたら、正解の○をもらえるだろう。

真衛門さんが、何か言い返す。それに対して、また村長さんの反論。

村長さんの後ろには、三人——おばさんが二人と、神経質そうな若い男。共通してるのは、わたしと恭助を見る目つき。

あんたら、そんな目つきをいつもしてたら、友達一人もできないよ。

真衛門さんが何か言って、村長さんがうなずく。そして、わたしたちが歩き出すと、村長さん御一行様もついてきた。

わたしは、なぜ村長さんたちがついてくるのかを、真衛門さんに訊いた。

「棺が、きちんと管理されてるかどうか、礼拝堂に調べに行きたいと言ってます」

「棺って、誰の？」

「……ムスティックです」

言いにくそうな真衛門さん。

「棺の管理はミリリットル家の仕事ですからね。だから、ついてくるように言ったんです」

「礼拝堂って、どこにあるの？」

わたしは、訊いた。

「村の広場です。ほら、昨日来るときに、アイスホッケーのパックみたいな建物があったでしょ。あれが礼拝堂です」

わたしは思い出す。わたしに言わせりゃ、アイスホッケーのパックより、丸いクッキーの缶の方がイメージに合う。

「それで、村長さんと一緒にいる二人のおばさんと若い人は、何者？」

この質問に、真衛門さんは話しにくそうに、頬に手を当てる。

「えーっと……彼らはですね、まぁとにかく、日本人――というか、村の外から来た人間が嫌いなんです。だから、昨夜みたいな騒ぎが起きると、その原因を、村外の人間のせいにしたくなる……つまり、困った人間なんです」

「えー、なんなのそれ！　ムスティックなんて、わたしたちと全然関係無いのに！」

わたしの抗議の叫びをなだめながら、真衛門さんが言う。

「さっき話したら、ムスティックの魂《たましい》が日本人の体に乗り移ったんじゃないかと言ってました」

それを聞いて、ビクッとする恭助。

ふむ、なかなかおもしろい説ね。でも、そんなことを言う奴とは、友達になりたくない！

「無茶苦茶《むちゃくちゃ》な理屈よね。——恭助も、そう思うでしょ」

恭助に同意を求めると、

「……仕方ないよ。ぼくらは余所者なんだから——」

哀しそうに微笑んだ。

えーい、この負け犬根性の染み込んだ軟弱者《なんじゃくもの》は！

真衛門さんが、陽炎城へ鍵を取りに行く。

その間、わたしと恭助は、村長さん御一行様《ごいっこう》と連れだって歩く。

とっても気まずい雰囲気。

村長さんたちの、わたしと恭助を見る目つき。ただ単に、嫌ってるって目じゃない。わたしたちを恐れてる——そんな目。

——本当に、ムスティックの魂が、わたしたちに乗り移ってると思ってるのかな？

雪で滑ってバランスを崩し、村長さんに体が触《ふ》れたら、村長さんは、悲鳴を上げて飛び退《の》いた。

わたしは、友好的な雰囲気を作ろうと、笑みを浮かべ日本語で言う。

「あんたらね、触《さわ》られて飛び退くって、ものすごく失礼なんだよ。そんなこと小学校でやったら、学級会で話し合われちゃうんだからね。わかってる？」

ニコニコした顔で、わたしが日本語を話し始めたので、ますます村長さんたちは不気味《ぶきみ》がる。

「だいたい、余所者を排除《はいじょ》する狭い了見《りょうけん》で、これからの国際社会でやってけると思ってるの？　もっと、異文化を尊重《そんちょう》し、受け入れる姿勢を身につけないと、孤立しちゃうぞ」

恭助が、わたしの袖《そで》を引っ張る。

「もうやめなよ。全然通じてないんだから」

通じてないから、言ってるんじゃない。

でも、笑顔で悪口を言うのには、少々疲れた。

わたしは、最後に笑顔で言ってやった。

「敵意を剝き出しにしてくる奴と仲良くするほど、わたしは人間できてないからね。そういう態度ばっかとってると、こっちも牙《きば》を剝くからね」

歯を出してニッと笑ったら、ますます村長さんたちは怖がった。

広場の端に、礼拝堂は建っていた。

木造で、高さは十メートルくらいかな。円柱形の建物は、デコレーションする前のケーキみたいだ。

「ここの地下が、棺の安置室になってます」

雪で覆われた石畳の上を歩きながら、真衛門さんが教えてくれた。

扉の鍵を開け、礼拝堂の中へ。

横長のベンチが二脚、床に固定されている。他には、何もない。ガランとして、寒々しい。

正面には、祭壇《さいだん》が作られている。その上に、大きな十字架。

真衛門さんや村長さんたちが、厳粛《げんしゅく》な顔になる。

このとき、わたしは文化の違いを感じた。

わたしの家族は、仏教徒。でも、神社へ初詣《はつもうで》にも行くし、クリスマスのお祝いをしたりもする。

わたしを含めて、宗教観は実にいい加減だ。

でも、真衛門さんたちは違う。この人たちの文化や精神の根っこには、とても深くキリスト教が根付いてるみたい。

礼拝堂の中は、小さい窓しかないため、薄暗い。

わたしたちは、入り口近くの棚を開ける。中に、雑然と放り込まれた燭台を持ち、蠟燭に火をつけた。

祭壇の裏側に回る。

壁の低い位置に、目立たないよう小さな扉が作られていた。

そこを開けると、木の階段が地下へ続いてる。

階段の先は、闇の中に溶《と》け込んでいて見えない。「この先は、地獄《じごく》へ続いてるんだよ」

——そう言われたら、うなずいてしまいそうな雰囲気。

真衛門さんを先頭に、恭助、わたし、村長さんたちの順に階段を下りる。

階段の先は、小さな部屋。その部屋の奥の壁に、鉄の金具で補強された木の扉があった。

真衛門さんが、真鍮《しんちゅう》の鍵束を出す。

「ここには、六つの棺が収められています」

大きな南京錠《なんきんじょう》に鍵をさし、ガチャガチャさせる真衛門さん。

「棺には、ムスティックと彼の子孫、親族の亡骸《なきがら》が入ってるんですけどね」

両開きの扉を引いた。

黴《かび》と腐《ふ》敗臭《はいしゅう》が、じんわり流れ出してくる。

「…………」

わたしたちは、言葉を忘れてしまったかのように、黙って扉の向こうを見つめる。

密度の高そうな闇。ジャムみたいに、どろりと溶け出してきそう。

燭台を持った真衛門さんが、中に入る。

わたしたちも、後に続く。

ゆらゆらした蠟燭の明かりに、六つの棺が浮かび上がる。

縦《たて》に二列、横に三列——きちんと並んだ棺。

床にかがむと、うっすら埃《ほこり》が積もっている。埃の上に、足跡や何かを引きずったような跡は無い。

「棺の中を見ますか？」

「……いや、その必要はないだろう」

真衛門さんに訊かれ、村長さんが首を横に振った。

恭助が、日本語で訊く。

「この部屋や礼拝堂の鍵は、いつもどこにしまってあるんだい？」

「父の部屋ですよ。礼拝堂の管理は、ミリリットル家の仕事なんです」

このやりとりは、真衛門さんがフランス語に訳して、村長さんたちにもわかるようにした。

村長さんが、口を挟んだ。

「真衛門君。鍵は、ムスティックの騒ぎが収まるまで、わたしが預かろう」

少し考えてから、真衛門さんが、鍵を渡した。

わたしは、小声で恭助に言う。

「ねぇ、ムスティックが吸血鬼《きゅうけつき》みたいな妖怪《ようかい》だったら、今のうちに杭《くい》を打ち込んだ方がいいんじゃない？」

すると、恭助はものすごく意外そうな顔で、わたしを見た。

「よくこんな場所で、そんな怖いことを考えられるね」

礼拝堂を出た後、村長さんたちは帰って行った。

真衛門さんは、鍵を村長さんへ預けたことを言いに、宗國さんのいる城へ帰る。

残されたのは、わたしと恭助。

「部屋に行って、お茶でも飲む？」

わたしの提案にうなずきかけた恭助。

でも――。

「恭助ー！」

城の中庭から聞こえてくる美絵留の声に、恭助の首が止まった。

門の所から中を覗き込むと、美絵留が恭助を捜してウロウロしてる。

「お茶は後にして、もう少し散歩しようか」

恭助の言葉に、わたしは素直にうなずいた。

そのまま、ゆっくり城を離れて礼拝堂の方へ戻る。

礼拝堂の裏手には、一本の大きな木。樹齢は何十年ではなく、何百年だろう。葉が落ちた枝には、ところどころ雪が積もっている。

わたしは、小さい頃に読んだ童話を思い出す。

木が動く話。それに描かれていた挿絵《さしえ》が、とても怖かった。

幹に恐ろしい顔を浮かべ、枝を爪《つめ》のように伸ばす木。

わたしの体が、ブルッと震える。

まさか、本から抜け出して、わたしを襲いに来たんじゃないんでしょうね。

木の前で、そんなことを考えてたら、

「キオスク……」

恭助を呼ぶ声がした。

振り返ると、礼拝堂の陰から小さな子が顔を出している。ジャン君だ。

恭助が、ジャン君を手招きする。

でも、ジャン君は近づいてこない。首を激しく横に振ってる。

何か言ってるんだけど、わたしにはわからない。

「悪魔の木だから、ここにいない方がいいって――」

恭助が教えてくれた。

ジャン君の所に行くと、彼は、わたしたちの手を引っ張って悪魔の木から遠ざける。

通りを挟んで、一軒の家の前へ。ここ、ジャン君の家だそうだ。

大きな木の切り株《かぶ》に、ジャン君を挟んで、腰《こし》を下ろす。

雪の積もってないところを選んで、腰を下ろす。

悪魔の木の方を見る。礼拝堂の陰に隠れて、木は見えない。ホッとした顔になるジャン君。

そして、早口のフランス語で何か言った。

「悪魔の木には近づかない方がいい。呪《のろ》われるって――。他にも何か言ってるんだけど、ぼくのフランス語の力じゃ、これ以上はわからない」

恭助が言ったとき、

「悪魔の木は、昔はムスティックの木って言われてましたの。捕虜《ほりょ》にした軍人を、何人も枝に吊したそうですわ。風が吹くと、揺れた死体と木の枝がぶつかり、ゾワゾワ音がしたとのことです。怖いですわね」

頭の上から、補足説明があった。

見上げると、腰に両手を当てた美絵留が立っていた。

「捜しましたわ、恭助」

ジャン君を抱えて切り株から退《ど》け、恭助の隣に座る美絵留。

ギャーギャー文句を言うジャン君を、一睨《ひとにら》みで黙らせた。

悪魔の木より、美絵留の方が、数倍怖いような気がする。

「ムスティックは、他にもたくさん残酷《ざんこく》なことをしましたわ。彼に言わせれば、陽炎村を守るためだったかもしれないけど、村の人たちは、感謝するより恐怖を覚えました」

そういえば、ムスティックが捕虜を大釜で煮て殺した話を読んだっけ。

「でも、その話って、本当なの？」

「わかりませんわ」

わたしの質問に、美絵留が目を伏《ふ》せる。

「大釜が見つかったら、本当に起こったことだと断言できるんですけど……」

ということは、大釜は村にはないんだ。一気に、話が疑わしくなる。

わたしは、最後に訊いた。

「その大釜って、どれくらい大きかったの？」

すると、美絵留は礼拝堂を指さした。

「おじいさまから聞いた話では、大釜は持つところのないお椀みたいな形で、直径は礼拝堂よりも大きいそうですわ」

――って、デカ！

「それにしても、枝に人を吊したとか大釜で煮殺したとか、そんな話を聞くと、ムスティックが恐れられてる理由がわかるわね」

わたしの言葉に、美絵留が首を横に振る。

「響子は、わかってませんわ。ムスティックに対する恐怖は、人を吊したとか、そんなことじゃないんです。わたしたちが恐れてるのは、ムスティックの夢……」

わたしは、美絵留の次の言葉を待つ。でも、彼女は黙ったまま、なにも言わない。

なんだかすごく気分が悪そう。ムスティックという言葉を口にするだけで、体が冒《おか》されていくような感じだ。

待ちきれなくなったわたしは、訊いた。

「なんなの、ムスティックの夢って？」

「…………」

美絵留は、答えない。

わたしは、ジャン君を見る。日本語がわからないのに、彼はビクッとして目をそらした。雰囲気で、何かマズイことを訊かれると思ったのだろう。

ジャン君を助けるかのように、美絵留が口を開いた。

「言わないのは、響子と恭助のためですわ。それを聞けば、二人とも、逃げることができなくなります」

「…………」

その後、わたしと恭助、美絵留は、村の散歩。

わたしたちを見ると慌《あわ》てて姿を隠す人たちが、何人もいた。日本人にムスティックが乗り移った——そんな噂を信じてる者たちだろう。

最初は不愉快《ふゆかい》だったんだけど、慣れてくるとおもしろくなった。

わたしが、

「がぁ！」

と叫ぶと、筋骨隆々《きんこつりゅうりゅう》のおじさんが、悲鳴を上げて逃げていく。フフフ、楽しい。

「やめときなって、響子ちゃん」

恭助が、わたしの袖を引っ張るけど、あんたもやったらいいのに。

美絵留が案内してくれたのは、村の入り口——小高い丘《おか》。

「うわぁ……」

思わず歓声が出る風景。

背後には、雪を被った険しい山。そして、山の麓に広がる風景。

つくづく思った。ここは、日本じゃない。

こんなに広がりのある風景、狭い日本じゃ見られない。

「ここが、村で一番眺《なが》めのいいところなんです。お昼の景色もいいですけど、夜景もきれいだと巧之介が言ってましたわ。わたしは、見たことないですが——」

「この村の人なのに、見たことないの？」

「ええ」

ああそうか……。いくらきれいな夜景でも、村の人は見ることができないんだ。

わたしは、そばにあった石に腰を下ろそうとした。

すると、

「ダメですわ！」

すごい勢いで、美絵留に止められた。

「え、なんで？　なんで座っちゃ、ダメなの？」

「それは、ムスティックの岩。その岩を動かすのは、村に危険が迫ったときだけなんです。小さいときは、触ると祟《たた》られると言われてましたた」

ふーん……。

わたしは、岩を見る。

座るには最適な高さと大きさ。ダルマさんみたいな形だ。

よく見ると、つり上がった目をした顔が、彫《ほ》ってある。

これが、ムスティックの顔なのかな……。

美絵留に訊く。

「でも、いくら『触ったら祟られる』って教えられても、美絵留も小さいときは登ったりして遊んだんじゃない？」

「とんでもありませんわ！」

首を激しく振って否定する美絵留。その様子は、とても嘘《うそ》をついてるようには見えない。

横から、恭助が口を挟む。

「響子ちゃん、お地蔵《じぞう》さんの上に登れる？」

「そんなことするわけないじゃない」

「小さな子が登ろうとしたら？」

「そんなことしたらダメ。バチが当たるって怒る」

うんうんとうなずく恭助。

「美絵留が、ムスティックの岩に触れないのも、それと同じだよ」

「……………」

わたしは、少し考えて、納得した。

06　ムスティックの夢

お昼ご飯を食べに、陽炎城へ戻る。

メニューは、洋風出汁の蕎麦。味は微妙だけど、体はとても温まった。

にこやかな笑顔で、宗國さんが、日本蕎麦について訊いてくる。こんなに日本語が上手でも、日本に行ったことないんだって。

わたしは、蕎麦つゆの出汁について、知ってる限りの知識を披露する。

でも、鰹節《かつおぶし》の説明で、力尽《つ》きる。（〝木材みたいな魚〟って説明じゃ、わからないか……）

こんなふうに、穏《おだ》やかに食事は進んだ。

宗國さんも真衛門さんも、ムスティックについては何も言わない。

わたしと恭助を、心配させないようにしてくれてるのが、痛いほどわかる。

それを、わたしはあえて口にした。

「あの……ムスティックの夢って、何ですか？」

朝食の席と同じように、空気が凍った。それはもう、ピシッと音を立てるくらい。

でも、わたしは答えを待つ。

だって、ムスティックについて知っていかないと、何も解決しないような気がするから。

気まずい沈黙の後、宗國さんが口を開いた。

「ムスティックの夢について、この村で教えてくれる人は、誰もいないでしょう。なぜなら、その言葉を口にするだけで、ムスティックが側《そば》にいるような恐怖を感じるからです」

「…………」

「この村の人間で、巧之介以外に夜に出歩ける人間はいません。それは、夜の闇の中にはムスティックがいて、ムスティックの夢を送り込んでくると考えてるからです」

……だから、わたしは、そのムスティックの夢というものが何なのかを知りたいんだけど。

宗國さんが続ける。

「わたしたちの不幸は、ムスティックの夢を知ってしまったことです。知ってしまった以上、逃げることはできません。忘れようとしても、忘れることができません。ムスティックの夢の恐怖から、逃げることができないのです。わたしは、響子や恭助に、そんな不幸を与えたくないのです」

「…………」

わかってくださいという顔で、宗國さんがわたしを見る。そんな顔をされたら、これ以上、訊けない。

「わかりました」

わたしは、頭を下げる。そして、とびっきりの笑顔を作って言う。

「じゃあ、蕎麦つゆの作り方の続きを話しますね。ポイントは、鰹節を厚く削ることにあるんです——って、鰹節が、どんなものかわからないんですよね」

このとき、わたしは決めた。

日本に帰ったら、ミリリットル家に鰹節と削り器のセットを送ることを——。


お昼から、真衛門さんと美絵留は、宗國さんに言われて麓の町までお使い。

「できるだけ早く帰ってきますからね。響子と二人でどこかへ行ったらダメですよ」

恭助に言って、美絵留は荷車に乗った。わたしを、すごい目で睨んでくのを忘れない。

そんな脅《おど》しを怖がるわたしではない！

邪魔者がいない間に、恭助といっぱい話をしよう。

わたしの部屋で、恭助にお茶を入れる。

卓袱台の上には、おクマばあさんから預かってきたカレー煎餅。残り五枚！　大切に食べなくては。

さて、いざ話そうかと思っても、何を話せばいいのかわからない。まるで、倦怠期《けんたいき》の夫婦だ。

わたしは、頭の中のカレンダーで計算する。

フランスにいられるのは、あと三日。二十九日の夜には、飛行機に乗らなくてはならない。

そう考えたら、できるだけいっぱい恭助と話しておかなきゃいけないんだけどな……。

あっ、そうか。

帰るときに、恭助も一緒に連れ帰ればいいんだ。うん、そうしたら、いつも好きなときに恭助と話すことができるじゃない。うん、そうしよう、そうしよう。

そんなことを考えてたら、恭助が言った。

「響子ちゃん、体の調子はどう？」

え？　変なことを訊く奴だ。

「別に何ともない。元気だよ」

そう答えると、ホッとした顔になる恭助。

「日本から来て、疲れてるんじゃないかと思ってさ。でも、元気ならいいんだ」

そして、恭助は話題を変えた。

「ムスティックの夢って、なんのことだと思う？」

「うーん……」

突然訊かれ、わたしは何も言えない。

恭助が続ける。

「宗國さんが言ったよね。ムスティックの夢について話さないのは、聞いた人も恐怖に捕らわれるからだって――」

わたしは、うなずく。

「だったら、相手のことを気遣ったり心配したりしない人間だったら、話してくれるってことになる」

また、わたしはうなずく。

確かに、その通りだ。でも――。

「そんな人、いる？」

わたしが訊くと、恭助がニヤリと笑った。

「一人いるよ。塔の地下にね」


「それで、ぼくの思索《しさく》の時間を邪魔しに来たというわけか……」

地下の部屋に、昼も夜も関係ない。

蠟燭の灯りの中、ベッドに寝転んだまま、巧之介さんがボソッと呟いた。

抑揚《よくよう》のない話し方だけど、不快な感情が、たっぷり込められている。

それに対して、恭助はあっけらかんとしてる。

「ぼくの判断に、間違いはないと思うんだけどね。ぼくが見る限り、きみは、他者に気を遣うタイプではない」

断言した。

巧之介さんが、深い溜息をつく。部屋の空気を動かし、蠟燭の炎をゆらりと揺らす――

そんな溜息だ。

「恭助……。きみなら、ぼくがどれだけ他者を気遣ってるか理解してくれてると思ったんだけどな。残念だよ」

「…………」

「ぼくが、こうして塔の地下に籠もってるのは、みんなのためなんだぜ」

わたしには、巧之介さんの言ってることが理解できない。

恭助も、複雑な顔で立っている。

「喩《たと》え話をしてあげよう。毒性と感染力《かんせんりょく》の強いウィルスは、人類にとって脅威《きょうい》だ。だから、未知のウィルスが発生すると、人間は必死でウィルスの蔓延《まんえん》を防ごうとする」

独り言のように呟く巧之介さん。

「しかし、もしそのウィルスが自らの危険性を自覚し、自らを封印していたら――」

巧之介さんが、わたしたちの方へ顔を向ける。そして、寂しそうに笑った。

「他者を気遣う、とても心優しいウィルスだと思わないかい？」

「…………」

わたしも恭助も、なんと言えばいいかわからない。

わかるようなわからないような喩え話だ。

巧之介さんが、力無く右手を振った。

「戯《ざ》れ言《ごと》だ。忘れてくれ」

そして、ベッドに上半身を起こす。

「質問は、ムスティックの夢のことだったな」

「教えてくれるのかい？」

恭助に訊かれて、巧之介さんは、あっさりうなずいた。

「喜んで、教えてあげるよ」

「…………」

なんとなく複雑な気持ち。

教えてもらえるのはありがたいけど、なんか引っかかる。

巧之介さんの黒い瞳が、わたしたちを見る。

「きみたちにとって、一番怖いものはなんだい？」

全ての光を吸い込んでしまうような黒い瞳に見つめられ、わたしたちは何も言えない。

巧之介さんが、フッと笑った。

「日本人は、幸せだな」

巧之介さんの目が、細く鋭《するど》くなる。

「きみたちは、悪夢を見たことがあるか？」

そう訊かれて、恭助はうなずく。

悪夢なら、わたしだって見たことある。

学校に遅刻《ちこく》しそうなのに走っても走っても前へ進まないとか、テストが一問も解けないとか、高い梯子《はしご》の先に乗ってたら、その梯子がゆっくり地面に倒れていくとか――。

いつも、汗《あせ》ビッショリで目が覚めたりしてる。

そんな風に、悪夢は怖い。でも、一番怖いものとは言えないような気がする。だいたい、テストの夢を見るより、現実でヤマが外れたときの方が、はるかに怖い。

「ふふん」

鼻で笑うわたしを見て、

「よくわかってないようだな」

巧之介さんが、バカにしたように言った。

なんなのよ！

わたしは、吠《ほ》える。

「悪夢が怖いなんて、お子様ね！　だって、どんなに怖い夢も、目が覚めたら消えちゃうじゃない」

「その通り」

巧之介さんが、うなずく。

そして、言った。

「では、その夢が覚めなかったら？」

え？

「そんな……夢から覚めないなんて……。そんなこと、起こらないわ」

すると、巧之介さんは、目を伏せて首を横に振る。

「人は、死ねば目を覚まさない」

「…………」

「ムスティックは、人の命を吸い、夢を操る術を教えられたと言われている。死にゆく人間の脳に、悪夢を送り込んだ。死後、永遠に覚めることのない悪夢の世界で、死人は苦しむというわけだ」

「…………」

「それが、ムスティックの夢だ」

巧之介さんの言葉が、蠟燭の炎をユラリと揺らす。

わたしは、想像する。

永遠に覚めない悪夢の世界。それは、もう夢ではない。現実と同じ……。

現実が悪夢の世界になる。逃げることはできない。

そして、その世界に終わりは無い。永遠に続く。

たとえ、宇宙が終わろうが、時間が終わろうが——。

わたしは、口を手で押さえる。そうしないと、叫び出しそうだったから。

巧之介さんが、ニヤリと笑った。

「ムスティックの夢、理解できたかい？」

「…………」

恭助が、額《ひたい》の汗をぬぐう。

「ぼくには、わからない。死ねば、何も感じない。夢も見ない。悪夢に悩まされることもない。――そうじゃないのか？」

するとまた巧之介さんはフッと笑った。

「さっきも言ったが、日本人は本当に幸せ者だな。きみたちには、生まれたときから自分の生活を支配してるものがあることが、想像できないようだ。現実に、死後の世界があるとか無いとか、どうでもいいこと。問題は、この村の住人が、ムスティックの夢を信じ、夜の闇を恐れてるということさ。そう、村の人間は、ムスティックの夢に支配されている」

「…………」

「気をつけたまえ。きみたちもムスティックの夢を知ってしまった。知ってしまった以上、引き返せない」

巧之介さんが、長く息を吐き出し、話すのを止めた。

蠟燭が燃えるジジジという音だけが、聞こえる。

わたしは、恭助を見た。顔色が悪く見えるのは、蠟燭の灯りだからだろうか。

「親切なご忠告を、ありがとう」

恭助が言った。とっても、皮肉《ひにく》っぽい口調。

「礼には、およばん」

巧之介さんが、手を振った。それは、野良犬を追い払う手つき。

うん、わたしも、お礼を言う気になれない。

それからの数時間――。

わたしは、なんだかフワフワした気持ちで過ごした。

視界に、白い霞《かすみ》がかかったみたい。見えてるつもりなんだけど、「じゃあ、何を見てたんだ?」と訊かれたら、はっきり答えられない。

ひょっとして……ひょっとして、ムスティックの夢に捕らわれたの?

恭助も、わたしと同じような感じ。

お使いから帰ってきた美絵留が、ペタペタ引っ付いても、ちっとも気にしてない。それを見たわたしも、妙に落ち着いている。

ナイトは、ご主人様の異変に気づいてるのか気づいてないのか、いつもと変わりはない。

夜が来た。

眠りについたわたしは、夢を見た。いや……夢じゃなかったのかもしれない。

粘《ねば》りつくような重い空気。体が、少しずつ溶けていくようなチリチリした痛み。

それは、現実? 夢?

わたしには、わからない。

そして、今夜も、ムスティックは村に現れた。

07　閉ざされた空間

朝起きると、昨日のフワフワした感覚は消えていた。

ムスティックの夢から解放されたのか？

それとも……。

「ウィルスが全身に回りきり、落ち着いた状態になったとは考えられないかな？」

脳内に現れた巧之介さんが、ニヤニヤした笑顔で言った。

わたしは右アッパーを放ち、彼に脳内から退場してもらう。

朝食の席に巧之介さんがいないのは昨日と同じだけど、今朝は美絵留もいない。

真衛門さんに訊くと、

「美絵留も年頃ですからね。ダイエットでも考えてるんじゃないでしょうか？」

そういう言葉が返ってきた。

美絵留、あんなナイスバディなんだから、別にダイエットなんかしなくてもいいのに……。（それより、わたしの方がダイエットしなきゃいけないくらい）

食事は、静かな雰囲気で始まった。

しかし、この静けさが長く続くわけがない——そんな予感もあった。

そして、その予感は当たった。

食事が終わりかけた頃、村長が昨日の朝と同じように飛び込んできた。

その早口のフランス語で、何かたいへんな事態が起きたことはわかったが、何が起こったかはわからない。

村長さんは、宗國さんや真衛門さんと話しながら、時折《ときおり》わたしと恭助の方を見る。

怒り、畏れ、戸惑い——様々な感情が込められた視線。

いったい、何が起きたっていうの？

最後に何か言って、村長さんが食堂を出た。宗國さんと真衛門さんも、その後を追いかける。

わたしと恭助は、置いてきぼりだ。

そこへ、美絵留が入ってきた。なんだか眠そう。

「あれ、お父様とお兄様は？」

食堂を見回し、美絵留が訊いた。

「さっき、村長さんが来て、一緒に出て行ったわ」

わたしが言う。

何か起きたのかもしれない——そう教えた方がいいのかどうか、わたしは迷った。

でも、

「ふーん」

興味なさそうな美絵留の返事。

お櫃《ひつ》を開け、ご飯の量を確認する。そして、皿の上の焼き魚や玉子焼きを、どさどさとお櫃の中に入れると蓋《ふた》をした。えーっと、それって、なんていう〝お弁当〟？

「わたし、今朝は部屋でいただきます」

そう言って、お櫃を抱えた美絵留は、部屋を出て行った。

……ダイエットは、どうなってるんだろう？

「どう思う？」

恭助が訊いてきた。

わたしは、顎をつまんで考える。

「これは、リバウンドね。食事制限してダイエットしようとした者が、必ず悩まされる問題。美絵留の精神力でも、太刀打ちできなかったようね」

「いや、美絵留のダイエットの話じゃなくて――」

苦笑する恭助。

「村で、何が起きたんだと思う？」

ああ、そっちの話か。

それなら、簡単だ。わたしは、即答する。

「わかんない」

「だろうね」

厚手の湯呑みでお茶——紅茶だけどね——を飲んでいた恭助が、立ち上がる。

「ここで、想像してても始まらない。見に行こうか」

「ちょっと、待ってよ」

わたしは、恭助を止める。

「どうしたのよ。昨日は、あんなに関わりを持つのを嫌がってたのに……」

「今でも、関わりは持ちたくないよ。でも、情報を持ってないと不安なんだ」

不安?

恭助がうなずく。

「何かあったとき、ぼくは響子ちゃんを守りたい。そのとき、情報が足りず、響子ちゃんを守れなかったら……ぼくは、必ず後悔する」

「…………」

「だから、ぼくは城を出て情報を集める」

……ふぅ。

まったく、ちょっと見ない間に、男っぽくなっちゃって。

わたしは、自分の頰をペシペシと叩く。ちょっと気持ちを落ち着けないとね。

でも、やっぱり外へ出ない方がいいんじゃないかな。

「恭助、昨日の子供たちの反応、覚えてるでしょ。わたしたちを疑ってる人も、いるわ。もし、またムスティックが現れたのなら、もっと疑われる。城にいた方がいいって」

恭助は、わたしの言葉をしばらく考える。

そして、訊いた。

「響子ちゃんは、自分がムスティックと何か関係あると思ってるの？」

「そんなの、あるわけないじゃない」

「ぼくも、同じ。だったら、堂々としてようよ」

「でも——」

そのとき、恭助の指が伸び、わたしの唇《くちびる》を押さえた。

「いろんなところへ行って、いろんな人と会った。今、響子ちゃんの言ったことは、とても日本人らしい考え方だと思う。でも、コソコソしてるのは、疑われるようなことをしたからに違いない——そう考える人たちもいる。この村の人たちは、どちらかというと、後者かな。だから、堂々としてようよ」

恭助が、わたしの手を取った。

微笑む恭助。

それは、虹北堂で留守番してるときの笑顔。日なたぼっこしてる猫を思わせる、そんな笑顔。

よし、恭助がそこまで言うのなら、あんたについて行こう。

でも、いざというときに、わたしを守れなかったら、わたしの左ストレートが恭助の右頰に炸裂するからね。

恭助が、椅子の背に掛けていたマントを羽織る。

その肩に、テーブルでミルクを飲んでいたナイトが、ひょいと飛び乗った。


城を出て、村の大通りを小走りで進む。

「どっちへ行くの?」

「…………」

恭助は、答えない。彼にも、行き先が見えてないのだろう。

時折、ツルハシやスコップを持った人に会う。みんな、わたしたちを見ると、少しドキッとして立ち止まる。そして、目を合わせないようにして、村の入り口の方へ走っていく。

どうやら、そっちに何かがあるみたいね。

わたしたちは、スピードをあげる。

昨日、美絵留に案内してもらった丘——村で一番、見晴らしのいい場所。

そこに、十数人の男性が集まっていた。中に、村長さんも宗國さんもいる。

「恭助に響子、何をしにきたんですか?」

わたしたちを見つけた真衛門さんが、駆け寄ってきた。

その声に、集まっていた村の人たちが、一斉にわたしたちを見る。

わたしは、ゾクッとした。

みんなの目……。敵意と恐れの入り混じった目。

「何が起こったんだい？」

恭助が訊いた。

真衛門さんは、言おうかどうしようか迷ってから、麓へ続く道を指さした。

「道が……」

わたしは驚いた。

村と麓を結ぶ道が、長さ十メートルほど、えぐりとられるように無くなっている。

まるで、巨大な怪獣が、長い爪で引っ掻いたみたいに――。

「いったい、どうして……」

「誰かが、ムスティックの岩に乗ったんです」

宗國さんが、わたしたちの側に来て言った。

「村に入るための道は、あの一本しかありません。そのため、いざというときは道を崩し、敵が攻めてこられないような仕掛けがあるのです」

「それが、ムスティックの岩？」

わたしの質問に、宗國さんがうなずく。

「あの岩を押すと、蓄《たくわ》えておいた大量の水が道の下に湧《わ》き出て、地滑りが起きるんです。水を出し切ってしまうと、岩は元の位置に戻り、また水を蓄えます」

そうか、それで村の人はムスティックの岩に触らないよう言われてたのか。下手に乗って、そのたびに道が削り取られたら、大変だもんね。

まるで、水洗トイレのようだ。

そういえば、図書室で読んだ本に、かつて天才と呼ばれた男が、村の水路を整備したって書いてあった。

当時、この水洗トイレの仕組みを考えてたって、どれだけ頭がいいのよ。

さっきから考え込んでいた恭助が、宗國さんに訊いた。

「あれだけの幅で、道をえぐりとろうとしたら、大量の水を一気に流す必要があります。その水は、普段、どこに溜《た》めてあるのですか？」

「いや……それは、聞かされてない」

そう答えた後、宗國さんが、フランス語で周りの人に訊く。

みんな、一斉に首を横に振った。

わたしは、恭助に耳打ちする。

「陽炎城に、お堀があるでしょ。あの水を使ったんじゃない？」

「違うよ」

即座に否定する恭助。

「城から出るとき、ぼくは、お堀の水を見た。昨日と同じ、緑色に濁《にご》っていた。つまり、あの水は使われてなかったということだよ。もし使ったのなら、きれいな新しい水が入ってるはずだからね」

なるほど。

わたしは、恭助の説明に納得。わからないのは、恭助が、どこに水を溜めてるかとても気にしてること。

「そんなに気になるの？」

「………………」

恭助は、答えない。ジッと考えてる。

村長さんが、わたしと恭助を見つけて走ってきた。

何か、フランス語で喚《わめ》き立てる。

「訳しましょうか？」

真衛門さんの申し出に、わたしはうなずく。

「おまえら、ムスティックの岩に乗ったのか？」

わたしと恭助は、首を横に振る。

真衛門さんが、続ける。

「この村の人間は、決して岩に触らない。となると、犯人は、おまえらしかいない」

そんなこと、知ったこっちゃない。

何度訊かれようが、わたしたちは触ってない。

体格のいい髭モジャの人が来て、村長さんに言った。

真衛門さんが訳してくれる。

「道の修復は、村の男衆《おとこしゅう》が総出《そうで》で二日はかかります。夜も作業できたら、なんとか明日の朝まではできるんですが――」

この村の人たちに、夜の作業は、できない。

となると、道が直るのは、明日の夕方ということになる。

村長さんが言う。

「わかった。少しでも役に立ちそうな人間は、全て集めてくれ。何かあってからでは遅い」

「そう、何かあってからでは遅い。だから、村の中に、男の人を少しは残してください」

恭助が口を挟んだ。真衛門さんが、フランス語に訳す。

「何のために、道が崩されたのか？　そんなこと、ぼくにはわかりません。でも、今の状況ではっきりしてるのは、道が崩れていては、村から逃げることができないということです」

恭助の真剣な口調。村長さんや村の人たちは、気圧《けお》されたように、黙って聞いている。

「こんなことは考えたくない。でも、どうしても、頭から消えないんです。もし……もし、ムスティックが、村人を誰も逃がさないために道を崩したのだとしたら……」

「………」

「そう考えたら、男の人を全て修復工事に集めるのは、危険です。村の中で、女性や子供たちを守る人がいなくなる……」

恭助の言葉に、村長さんが、うなずいた。

そして数人の男に、早口で指示を出した。

真衛門さんが、恭助の肩を抱くようにして、みんなの所から離す。

「帰りましょう、恭助」

いつにない、強い言い方だ。

「きみは、ここにいない方がいい」


わたし、恭助、真衛門さん――。

周りに人気が無くなったとき、真衛門さんが恭助に言った。

「大丈夫ですか?」

「…………」

恭助は返事しない。

大丈夫って……恭助に何かあったんだろうか?

少し先を、早足で歩いていく恭助。

わたしは、小声で真衛門さんに訊いた。

「〝大丈夫〟って、どういう意味?」

「恭助は、事件に関わるのを嫌がってるでしょ。なのに、さっきは、自分から関わろうとしていた。だから、心配になったんですよ」

真衛門さんの言葉を聞いて思った。

恭助は、日本にいる頃も、自分から進んでは事件に首を突っ込むような性格じゃ無かった。

でも今は、そのときより、もっと事件に関わることを恐れてる——そんな気がする。

「どうして、あんなになっちゃったんだろう？」

わたしの独り言に、真衛門さんが反応する。

「恭助が、ちょっとだけ話してくれたことがあります。他の国で関わった事件で、彼は謎を解いたそうです。そのとき、被害者も犯人も、謎を解いた恭助自身も、誰も幸せにならなかったと——」

「…………」

「それが精神的外傷《トラウマ》になってるんです」

ふー……。

まったく、どんな事件に関わったか知らないけど、いつまでもすんだことを引きずらないでほしいわね。

恭助には、謎を解く能力《ちから》がある。

それは、望んでも身につけられるものじゃない。

なのに、事件に関わらない、謎を解こうとしないなんて、もったいないオバケがデモ行進するわ。

「本当に、困った奴だわ」

わたしの溜息に、真衛門さんがうなずく。

「しかし、それが恭助の良いとこ――」
そこまで言った次の瞬間、真衛門さんが動いた。
すごいスピードで恭助の側まで走ると、右腕を振った。
斬《ざん》！
恭助の頭の横で、雪玉が爆発するように飛び散った。
えーっと……。
何が起こったのか理解するのに、少し時間がかかった。
恭助に雪玉が投げつけられる。それが当たる前に、真衛門さんが雪玉を切断した。――
そこまでわかったとき、新しい雪玉が飛んできた。
真衛門さんが、次から次へと、雪玉を叩き落とす。
道の脇――木の陰から、若い女の人が、何か叫びながら雪玉を投げている。
恭助が、女の人の方を見る。
女の人は、最後の雪玉を投げると、走っていった。
「恭助、あの女の人を知ってるの？」
わたしが訊くと、恭助が虚《うつ》ろな顔で答える。
「あの人、ジャンのお母さん」
そうなんだ。
でも、どうしてジャン君のお母さんが、恭助に雪玉を投げるの？

『おまえのせいで、ジャンが病気になった。村から出て行け、悪魔！』――ジャンのお母さん、そう言ってた」

ジャン君が、病気……。

08 踊る踊る踊る

城に帰った恭助は、自分の部屋に行く。

わたしは何も言わず、その後をついて行く。

ナイトが肩から降りる。恭助は、マントを脱ぐと、放り出した。

そして、畳の上に寝転がる。

……五分待った。でも、恭助に変化無し。

まったく、困った奴だ。

わたしは、大きく息を吐き、言った。

「おい！」

そして、横になってる恭助の胸に足を乗せる。

「こら、恭助。なんで動かない！」

「動くと、また雪玉が飛んでくるよ」

わたしの足を外し、そっぽを向く恭助。

そんなことを言ってるんじゃない！

恭助の胸ぐらをつかむと、引っ張り起こす。

「わたしより頭いいくせに、自分が今しなきゃいけないこと、わかんないの！」

「…………」

ぼんやりした目で、わたしを見る恭助。その頭に、マントをかぶせる。

「ほら、行くよ」

「行くって……どこへ？」

「ジャン君のところ。原因は知らないけど、病気になったんでしょ。お見舞いに行かなきゃ」

「…………」

恭助は、何も言わない。

ここで動かなかったら、そこまでだ。もう、恭助とは口をきいてやらない！

ぼんやりしていた恭助の目に、光が戻った。

「響子ちゃん、新聞持ってる？」

「新聞？」

そんなもの、何に使う気？

立ち上がり、茶簞笥《ちゃだんす》から菓子鉢に入ったカレー煎餅を出す恭助。

「これを包むのに、決まってるじゃないか。お見舞いに持ってくのに、剝き出しだったら、ジャンに失礼だろ」

そして、少し考える。

「でも、フランスの子供って、カレー煎餅食べるかな？」

「大丈夫！」

わたしは、太鼓判《たいこばん》を押す。

「そのカレー煎餅、食べたいの我慢して、ちょっとずつ食べてたやつでしょ。必ず、恭助の気持ちは伝わるって！」

「だといいけどね」

照れくさそうに微笑む恭助。

わたしは、その顔を見て思った。

大丈夫！　恭助は、まだ戦える。


結局、新聞は真衛門さんにもらった。

カレー煎餅の包みを持って、お城を出る。あと、宗國さんに借りたムシロも持ってる。

ジャン君の家は、広場の横。

そこへ行くまで、村の人たちの視線がチリチリと痛い。

横目で恭助を見る。

恭助は、みんなの視線を気にしないよう、まっすぐ前を見て歩いてる。

外を歩いてる人は少ない。でも、なんとなくザワザワした空気を感じる。

空を見上げると、分厚い雪雲。こりゃ、また降ってくるな。

「補修工事の人たち、雪が降ってきたらたいへんだね」

「うん」

そんなことを話してるうちに、ジャン君の家に着いた。

「彼の部屋は？」

「玄関の隣——広場に面してるって言ってた」

わたしと恭助は、家の壁に背中をつける。

広場には、数人の人がいる。誰も見てない時を待つ。

今だ！

わたしたちは、持ってきたムシロを広げ、その陰に隠れた。

これぞ、忍法《にんぽう》「隠《かく》れ蓑《みの》」！

「本当に、大丈夫かな……？」

恭助の不安そうな声。

「大丈夫、大丈夫！　だって、フランス人が忍法を知ってるはずないもん」

「忍法を知ってるとか知らないとか、そういうレベルの話じゃないと思うけど……」

恭助の不安は消えないみたい。でも、何もしなくて目立つよりはいいでしょ。

なんてったって、村の人たちからしたら、わたしたちは超怪しい人物。

そんな二人が、ジャン君の部屋の窓際《まどぎわ》にいたら、どれだけの雪玉が飛んでくるかわからない。

わたしたちは、ムシロに隠れて、ジャン君の部屋の窓を叩いた。

「キオスク！」

すぐに、パジャマ姿のジャン君が、窓辺に来た。

窓を開けたジャン君に、カレー煎餅の包みをわたし、恭助はすぐに窓を閉めた。この寒い中、窓を開けたままで話してたら、体に悪いもんね。

「病気になったって聞いたから、お見舞い」

恭助が言った。ジャン君との会話は、全てフランス語だったんだけど、あとで恭助が日本語訳を教えてくれた。

「大丈夫。ちょっと熱が出ただけ。ママ一人、大騒ぎしてるんだ」

その言い方は、年上の恭助に、自分の強いところを認めて欲しくて仕方ないって感じ。

恭助が微笑む。どこか、羨《うらや》ましそうな顔。そりゃ恭助が熱出したとき、騒いでくれるお母さんはいなかったけど、わたしが代わりに騒いであげたの、忘れたの？

「それより、キオスク。ぼく、見たんだ」

ジャン君が、声を潜《ひそ》めて言う。その顔が、興奮で赤い。いや、それともやっぱり熱が高いのか？

「何を見たんだい?」

すると、ジャン君は、とっておきの秘密を教えてあげるんだぜって顔で言った。

「踊るムスティック……」


昨日の夜、ジャン君はなかなか眠れなかった。

朝から、大人が何か騒いでるのを、彼は知っていた。

ムスティック……。

大人たちの会話の中に、断片的に出てくる言葉。

ジャン君たち子供にとって、ムスティックという名前は、悪魔と同じような意味を持っていた。

大釜で、敵の軍人を煮殺したムスティック。

悪魔の木に、敵の死体を何十人も吊したムスティック。

そのムスティックが、どうして会話の中に出てくるのか?

ジャン君は、ママに訊いた。

「ママ、ムスティックがどうかしたの?」

「ううん。なんでもないのよ。それから、その名前は、あまり口にしないようにね」

そう言って、ママは微笑んだ。

——なんでもない? ……嘘だ。

ジャン君には、すぐにわかった。ママは、嘘をつくとき、必ずぼくの頭をなでながら言うんだ。

ムスティックが出た……。

それは、怖いと同時に彼をワクワクさせた。

小さいときから、悪魔のようだと教えられてきたムスティック。

人の尺度《しゃくど》では測れない能力を持つもの。ジャン君は、純粋にムスティックを見てみたいと思った。

陽が暮れて夜が来た。

いつもより早くベッドに追い立てられるジャン君。

「夜中に目を覚ましても、絶対にベッドから出たらダメよ。何があっても、布団《ふしん》を被って朝を待つの。わかった？」

枕元で、ママが言った。

「どうして、ベッドから出ちゃダメなの？」

するとママは、

「どうしても」

と、怖い顔になった。

大人はいいなって、ジャン君は思った。説明したくないことがあったら、「どうしても」って言えばいいんだから……。

ママが、部屋を暗くして出て行った。

ジャン君は、寝たふりをしながら、頭の中で「寝ちゃダメだ、寝ちゃダメだ」と言い続けた。

頑張って、ムスティックを見るんだ！

でも、小さなジャン君は、いつの間にか眠ってしまった。

夢の中で、ズグゴゴ……という音を聞いたような気がする。

——なに……風？

でも、窓は鳴ってない。風だったら、窓を鳴らすはずだもん。

そんなことを、ジャン君は、うとうとしながら考えていた。

決定的に彼の目を覚まさせたのは、

「かぁ～！」

という叫び声だった。

声を聞いてからも、しばらくぼんやりしていた。

ベッドから抜け出したジャン君は、窓際に行くと、曇っていたガラスをパジャマの裾《すそ》で拭《ふ》いた。

月は、見えない。

街灯の明かりが四つ。暗い道と広場を照らしている。

そして、ジャン君は見た。

何か、闇の中を跳ねるように動いているもの。それは、命を吹き込まれた影が、喜びのダンスを踊っているようだった。

時折、街灯の明かりを受けて銀色の光を放つ。

――あれが、ムスティック……。

影が、街灯の明かりの下に出た。

銀色の甲冑をつけている。手には、細くて長い剣を持っている。

――ムスティックだ……。

ムスティックは、うれしそうに剣を振りまわす。その姿は、自分の周りに漂《ただよ》ってる亡霊を斬り刻《きざ》んで、遊んでいるようだ。

そのときジャン君は、もう一つの影に気がついた。

ムスティックと距離を置いている影。街灯の下に出たその影は、ムスティックと同じような甲冑を着ている。

――もう一人のムスティック……。

ジャン君は、思い出す。以前、近所の老人から聞いたムスティック十五世の話を。

――十五世は、剣ではなく銃を持って、気が向くと人でも動物でも平気で撃《う》った。

ジャン君は、窓の外を見る。

最初のムスティックは剣を持っていたが、もう一人のムスティックは、片手に銃のような物を持っている。

アポーさんが使うような猟銃じゃない。片手で扱える箱形の光線銃のようなものだ。

――ムスティック十五世……。

ムスティック十五世は、剣を持つムスティックに、銃を向けている。

夜の闇の中で踊る二人のムスティック。

地獄から帰ってきたムスティックが、喜んで踊っている――ジャン君には、そう思えた。

そしてジャン君は、ズグゴゴという音の正体に気づいた。

あれは、悪魔の木が歩いてる音だったんだ。

爪のように枝を伸ばす悪魔の木。

その前で踊る二人のムスティック。

見ているジャン君の体が震える。

目の前の光景と、夜の寒さが、ジャン君の体温を奪っていく。

「がぁ〜！」

剣を持ったムスティックが、吠える。

ジャン君は、ムスティックの目が、窓からのぞいてる自分を捉《とら》えたように思えた。

――斬られる……。

そっと窓際を離れると、ジャン君は、ベッドに潜《もぐ》り込んだ。

氷のように冷え切った体は、なかなか暖まってくれなかった。

「それで熱が出ちゃったんだ。でも、もう大丈夫だよ」

元気な声で、ジャン君が言った。

そのことより、わたしは、もっと気になることがあった。

それは——。

「悪魔の木が歩いただと？」

わたしが気になることを、背後から訊いてくれる声がした。（フランス語だったんだけど、恭助が訳してくれた）

わたしと恭助は、被っていたムシロを取り、振り返った。

村長さんと、数人の村人が立っていた。

わたしと恭助は、ムシロを丁寧に巻くと脇に抱える。

そして、村長さんたちに向かって胸を張る。見つかった以上、堂々としてないとね。

村長さんは、そんなわたしたちを無視して、窓に近づくとジャン君に訊いた。

「どうして、悪魔の木が歩いたと思うんだ？」

「だってさ——」

ジャン君が、部屋の中から礼拝堂を指さす。

「ぼくの部屋からは、礼拝堂が邪魔で悪魔の木が見えないんだ。なのに、昨日の夜は、悪魔の木が見えた。それは、悪魔の木が歩いて礼拝堂の前に出てきたからなのさ」

ジャン君の説明が終わった。

「それから、ぼく、ムスティックと十五世の絵を描いたんだ」

スケッチブックを広げるジャン君。

クレヨンで描かれた絵。灰色のクレヨンで二人のムスティックが、そして焦げ茶色《こちゃいろ》のクレヨンで悪魔の木が描かれている。

残念なことに、『宇宙人の目撃者に、絵が上手な人はいない』の鉄則が生きている。

わたしは、考える。

闇の中で踊る、二人のムスティック。

歩く悪魔の木。

これらに説明を付けるのは、簡単だ。

全ては、ジャン君の夢。寝ぼけて、ありもしない光景を見たんだろう。

でも、そんなことジャン君には言えない。

ジャン君が、キラキラした目で恭助に言う。

「ねえ、キオスク。ムスティックをやっつけてくれるんだろ?」

それに対して、

「……ちょっと無理なんじゃないかな」

苦笑する恭助。

ジャン君は、激しく首を横に振った。

「そんなことないよ。キオスクは、ムスティックよりすごいもん。だって、キオスクは魔術師《マジシャン》だろ。魔術師《マジシャン》は、いつだって悪魔より強いもん」

「…………」

何も言えない恭助から、村長さんに視線を移すジャン君。

「村長さん、知らないだろ。キオスク、すごいんだよ。キオスクの魔術には、ムスティック も敵《かな》わないんだ。だから、何も心配しなくていいよ」

「そうか、そうか。いいことを教えてくれて、ありがとう」

優しい声で、村長さんが言う。

「さぁ、ベッドに入りなさい。また熱が出てきたら、もうすぐお正月なのに遊べないぞ」

「はい！」

元気な返事をするジャン君。

わたしたちに手を振って、ベッドに戻る。

村長さんが、わたしと恭助を見る。さっきまでの笑顔が、大魔神のように消えている。

「歩く悪魔の木に、ムスティックと十五世か……」

村長さんが言う。

「二人ね……」

〝二人〟の部分を繰り返し、わたしと恭助を見る。

「現れたムスティックは二人。きみたちも二人。――これは、偶然かね？」

とっても、ヤな感じ。

恭助の肩にいるナイトが、自分を無視するなというように、「にゃぁ〜」と鳴いた。

そのとき、真衛門さんが村の人に連れられて、広場に来た。

「あれ？　恭助と響子、何してるんです？」

わたしたちを見て、真衛門さんが訊いた。

「ジャン君のお見舞いに来たの。真衛門さんこそ、何しに来たの？」

「今からムスティックの棺を調べるので、ミリリットル家の人間として、立ち会うように言われたんです」

なるほど。

それで、村長さんが、広場に来た理由もわかった。

「真衛門君、よろしく頼むよ」

村長さんが、コートのポケットから礼拝堂の鍵を出した。

09　動く棺

わたしたちは、礼拝堂の前に立った。

明け方に降った雪で、足跡ははっきりしない。

そんな輪郭《りんかく》が暈《ぼ》けた足跡を、雪面にしゃがんで見ていた恭助が呟く。

「これ……何の跡だろう？」

棒を突き刺したような丸い跡がある。

大きさは、十円玉くらい。

一番、足跡がゴチャゴチャした場所に、全部で六つの丸い跡があった。

他にないかと探したら、少し離れた場所に九つ。通りの街灯の方に三つあった。

わたしは、考える。

二分ほど真剣に考えてから、恭助に言った。

「竹馬《たけうま》の跡じゃないかな？」

そのときの恭助の顔。

哀《あわ》れみの目を、わたしに向けるんじゃない！

真衛門さんが言う。

「ムスティックの親族には、足が悪くて杖《つえ》をついていた者がいたという話がありますす」

わたしが訊く。

「その杖をついてた人が棺から抜け出して、この跡をつけたって言うの？」

「そこまでは言いません。ただ、そういう者がいたというだけで……」

煮え切らない真衛門さんの言葉。

でも、杖の跡と言われたら、確かに杖の跡に見える。……竹馬じゃ、なさそう。

まったく、勘弁してほしい。ムスティックと十五世以外に、まだ彷徨いだした者がいるっていうの?

その場にいた者全員が、目の前の礼拝堂を見る。

「…………」

誰も何も言わないが、考えてることは何となくわかる。

村長さんが、一歩前へ出る。その手には、礼拝堂の鍵が握られている。

開けようとする村長さんの手を押さえ、真衛門さんが扉に手を掛けた。

扉を揺さぶり、鍵がかかってることを確認する。

「確かに、鍵がかかってますね」

その後、村長さんが扉を開けた。

棚から燭台を出し、蠟燭に火をつける。

あたりを見回す。何も変わったところはないように見える。

真衛門さんが、足下に転がっていた棒を持ち、数回振った。あれ? こんな棒、昨日あったかな?

「念のためです。みんな、ぼくの後ろにいてください」

そう言う真衛門さんに、今までの優しい雰囲気は無い。

静かだけど、怖い……。まるで、研《と》ぎ澄まされた日本刀を見てるようだ。

わたしたちは、地下への階段を下りる。

地下納骨堂の前、村長さんが鍵を開けた。

真衛門さんが、わたしたちを背後に回し、扉を引いた。

一度開けたからか、昨日ほど、黴と腐敗臭は感じない。

「…………」

右手に棒を持った真衛門さんが、左手の燭台を掲げた。

納骨堂の中を見たわたしたちは、言葉を失う。

昨日は整然と並んでいた六つの棺。その位置が変わっている。

左側の壁に、押しつけられるように固められた棺。まったく関係ないかもしれないが、
わたしは教室の掃除《そうじ》を思い出した。

まず、机を教室の後ろに動かす。そして、前から箒《ほうき》でゴミを掃《は》き、きれいになったところへ机を戻す。――いや、こんなことを考えて現実逃避してる場合じゃない。

わたしは、もっと恐ろしいことに気づく。全ての棺の蓋が、ずれている。

「ムスティックの一族が、甦った……」

村長さんが、呟いた。とても顔色が悪い。それは、暗い地下納骨堂にいるからだけじゃない。

真衛門さんが、納骨堂の中に足を進める。

「待った！」

恭助が、真衛門さんを止める。

そして、燭台を床に近づけた。

「蠟燭の明かりじゃわかりにくいけど、足跡は無いね」

慎重に、納骨堂の中に入っていく。

「棺を引きずった跡がある……。一方向に、まっすぐ動かしたんじゃないね。蛇行しながら、動いてる」

這うようにして床を見ながら、恭助が言った。

「足跡は、無いんですね」

真衛門さんの質問に、うなずく。

「掃除当番が、箒を使った跡は？」

わたしの質問には、首をひねる。

村長さんたちが、納骨堂の中に入る。そして、おそるおそる棺の中を覗き込んだ。

わたしも、村長さんたちの背中越しに、覗き込んだ。

空っぽの棺……。

わたしは、なんとなくドラキュラ映画に出てくるような棺を思い描いていた。ふかふかの赤い布が敷かれ、棺というよりベッドってイメージの棺。

でも今、目の前にある棺は、もっと安っぽい感じ。

六角形を細長く伸ばしたような形。薄い木の板を、日曜大工のレベルで組み立てたらできあがり——そんな安っぽさ。

棺の内側も、木が剝きだし。布張りなんかしてない。

もっとも、棺だもんね。中に入ってる死者は、「豪華な内装にしろ！」なんて言うはず無いし、言ったら死者じゃない。

そう、棺に入るのは、死者なんだ。

なのに……。

今、蓋がズレ、空っぽの中を見せている棺。この中に入っていたのは、本当に死者なんだろうか？

わたしは、村長さんたちの顔を見た。

蠟燭の明かりに浮かぶ、彼らの顔。恐怖が、へばりついている。

わたしは、確信した。

彼らにとって、ムスティックは大昔の伝説じゃないんだ……。


暗い礼拝堂に長い時間いたため、外に出ると、眩しくて目が痛かった。今にも降り出しそうな曇り空で、そんなに明るくないのに……。

村長さんが、真衛門さんに何か言った。

神妙な顔でうなずく真衛門さん。

「なんて言ってたの？」

村長さんたちが帰って行ってから、わたしは訊いた。

「彼は、礼拝堂の鍵をずっと身につけていて、一瞬も手放さなかったそうです」

「他に、鍵は？」

「予備はありません。村長に渡した一つだけです」

「つまり礼拝堂は、完璧な『密室』だったというわけね」

そう言ってから、わたしは恭助を見た。

目をそらす恭助。

わたしは、恭助の顔を両手で挟み、自分の方へ向けて訊いた。

「誰かが棺を動かしたとして、その人は、どうやって密室状態の納骨堂に入ったの？」

わたしの手の間で、潰《つぶ》れた顔をしてる恭助。

そのとき、雷鳴のような直感に、わたしは襲われた。

「そうか……。外から入った者があるって考えるから、わからなくなるのよ！」

「どういうことだい？」

恭助が、わたしの手から逃れて、訊いた。

「誰も礼拝堂の中に入ってないの。犯人は、ムスティック。棺が動いたのは、ムスティックの仕業《しわざ》。ムスティックは実体の無い霧《きり》みたいなものなのよ。だから、納骨堂や礼拝堂の扉に鍵が掛かってても、平気で外に出られるの」

どうだ、この完璧な推理！

わたしは、恭助に向かってVサイン。

真衛門さんが口を挟む。

「村長も、響子と同じように考えたみたいです」

なるほど、村長も同じように推理したのか。うん、仲間、仲間。

真衛門さんが続ける。

「今、ムスティックは棺から出て、この村を彷徨ってると——。そして、もう誰かに取り憑《つ》いてるかもしれないって」

その取り憑かれた人間として、わたしと恭助が疑われてるわけね。

黙って聞いていた、恭助は大きな溜息をついた。

やれやれという感じで、肩をすくめる。

「どうして、そうも矛盾《むじゅん》してる話に疑問を持たないのか——それが、ぼくにとっては一番の謎だね」

矛盾?

「どこが矛盾してるって言うのよ」

嚙みつくわたしに、恭助が指を伸ばす。

「さっき、響子ちゃんは、ムスティックが霧みたいなものだって言ったよね?」

わたしは、うなずく。

「だったら、なぜ棺の蓋を開けたんだい? 鍵が掛かった扉の隙間を抜けたように、蓋の隙間から出たらいいのに。わざわざ蓋を開けた理由がわからない」

「…………」

「それに、実体がないのなら、どうやって蓋や棺を動かしたんだい？　霧に、物を動かすことはできないよ。第一、棺を動かす意味がないじゃないか」

「…………」

恭助が言った疑問点に、なんとか論理的な説明がつかないか、わたしは考える。

そして、しばらく考えた結果、答えが出た。

そんなの知らない！

わたしは、指を伸ばし恭助の鼻をつまむ。そして、思いっきり捻《ひね》りあげる。

「屁理屈《へりくつ》オバケは、嫌い！」

「……屁理屈じゃないんだけどな」

涙目《なみだめ》で、鼻をもむ恭助。

わたしは、胸を張って主張する。

「だいたい、密室の礼拝堂で棺が動くなんてそれだけでオカルトなのよ。ちょっとくらい、説明が矛盾してても、いいじゃない！」

すると、恭助は首を横に振った。

その右目が、丸く見開かれている。

そして、ビックリするようなことを、あっさり言った。

「どうやって棺が動いたのか、その方法はわかってるんだ」

えーっと……。

わたしは、恭助が言ったことを、頭の中で整理する。

恭助ハ棺ヲ動カシタ方法ヲ知ッテイル。

整理できた次の瞬間には、恭助の胸ぐらをつかんでいた。

「説明しなさい！」

「まだ……ダメだよ」

苦しそうに言う恭助。

わたしは、胸ぐらから手を離す。

「なんで説明できないのよ？」

「わからないことがあるんだ。確かに、ぼくには、棺を動かした方法がわかってる。わからないのは、動機——どうして、棺を動かさなければいけなかったのか？」

「そんなの、どうでもいいよ。方法だけでもわかってるのなら、説明してよ」

「………………」

恭助は、黙り込んだ。

さっきまで、宝石のように丸く見開かれていた目が、元に戻っている。

いや、元通りじゃない。

どこか哀しそうな、そんな目をしてる。

「わかってよ、響子ちゃん。ぼくは、謎を解きたくないんだ」

「どうしてよ？　ちょっとでも謎を解いたら、村長さんや村の人から、疑いの目で見られることも無くなるんだよ。ジャン君のお母さんも雪玉を投げないし、子供たちも、また手を振ってくれるんだよ」

わたしが言うと、恭助は微笑んだ。

とても——とても、哀しそうな微笑み。

どれだけ説明しても、わかってもらえない。そんな諦《あきら》めが込められた笑み。

そして、恭助は、わたしと真衛門さんに背を向けた。

黙って、城の方へ歩いていく。

「…………」

わたしは、呼び止めようとした。でも、言葉が出ない。

「謎を解いて、誰かが傷つくのを、恭助は恐れてるんです。それくらいなら、自分が傷ついてる方がいいって」

背後で、真衛門さんが言った。

「今は、ソッとしておいてあげましょう」

わたしの肩に、真衛門さんの手が掛かる。

10　捜索

ムスティックの棺が開いていたという知らせは、あっという間に村に広まった。

村の空気が変わる。

村長さんのように、わたしたちを敵対視してる人が、急速に増えていってるのがわかる。

それは、きれいな水に墨汁《ぼくじゅう》を垂《た》らしたような感じ。

墨汁の黒が、だんだんだんだん水の中に広がっていく。

一度、黒く染《そ》まった水は、何をやっても元に戻らない……。


真衛門さんは、どれくらい道が復旧してるか見に行った。

わたしは、恭助を追って城に帰る。

ソッとしておいてあげましょうという、真衛門さんの言葉は無視。

恭助は、部屋でナイトをじゃらしていた。

その横に座ってたら、なんだか昔のことを思い出した。

小学生のとき——恭助が学校へ来なくなった頃のことだ。

学校からの帰りに、虹北堂へ寄る。すると、恭助は、本を読んでたり、今みたいにナイトをじゃらしてたり……。

「なんで、学校へ来ないの？」

「おいでよ、恭助」

「みんな待ってるよ」

——言いたいことは、いっぱいあった。

でも、わたしは何も言えず、恭助を見ていた。

今も、それと同じ……。

ムスティックの謎を解いてよ。

一緒に、虹北商店街へ帰ろう。

もう、どこにも行かないで。

言いたいことは、いっぱいあるのに、何も言えない。

恭助が魔術師《マジシャン》じゃなく、精神感応者《テレパス》だったら、今のわたしの気持ちをわかってくれるのに……。

どれくらいの時間が経《た》ったかな。

遊び疲れたナイトが、茶箪笥の上にのぼって、お昼寝態勢になる。

わたしは、恭助に言った。

「謎解き、聞いてくれる？」

恭助が謎解きをしないのなら、わたしがするだけだ。

そして、無事に謎が解けたら、そのときはちゃんと言うんだ。

「一緒に、虹北商店街へ帰ろう。そして、もうどこにも行かないで」
って――。

「ムスティックの正体を考えたの」

畳に寝転んだ恭助は、わたしの話を聞いてるのか聞いてないのか、よくわからない。

「ここからは、村の人たちが夜を恐れて外出できないという前提で話すからね」

そう前置きして、わたしは謎解きを始めた。

「ムスティックは、夜、現れた。この村の人たちの中で、夜間に外出ができるのは、巧之介さんだけ」

「…………」

「でも、巧之介さんがムスティックだとすると、説明できないことが出てくる。それは、ジャン君が見た二人のムスティック」

「…………」

「巧之介さん以外に、村の人の中で、夜に出歩ける者はいない。よって、巧之介さん＝ムスティックという説は、信頼できなくなる」

「ちょっと待った」

恭助が、わたしの謎解きを止める。

「響子ちゃんの言うように、村人の中で夜間外出できるのは、巧之介だけだ。でも今、この村には夜間外出できる人間が、もう二人いる」

え？　そんなにいたっけ？

首をひねるわたしを、恭助が指さす。

「ぼくと響子ちゃんだよ」

ああ、そうだった。

わたしは、恭助の言葉にうなずく。

「だったら、二人のムスティックについて、こういう可能性も考えられるよ」

恭助が、指を一本伸ばす。

「一人のムスティックは、巧之介」

さらに指を伸ばし、その指で自分をさす。

「もう一人のムスティックが、ぼく」

なるほど。その可能性があったか！

わたしは、恭助に訊く。

「恭助が、ムスティックだったの？」

「まさか」

右手をヒラヒラ振る恭助。そうでしょうね。

だいたい、巧之介さんと仲の悪い恭助が、そろって何かするはずがない。

「話を戻すわね。――巧之介さんがムスティックでないとすると、村人の中にムスティックはいないということになる。村長さんが、わたしと恭助を疑うのも、当然と言えば当然！」

……いや、納得してる場合じゃないんだけどね。

「でも、わたしたちはムスティックじゃない。となると、ムスティックはいないことになってしまう。だから、次の可能性を考えなくてはならない」

ここで少し間をおいてから、わたしは恭助をビシッと指さした。

「この村には、わたしと恭助以外の余所者がいるのよ！」

「…………」

恭助は、無反応。

だから、わたしはもう一回言った。

「この村には、わたしと恭助以外の余所者がいるのよ！」

「いや……二回言ってもらわなくてもいいけど」

恭助が、畳から起きあがる。

「その余所者って、どこにいるの？」

「そんなの知らないわよ」

胸を張って答えるわたし。しばらく時間が止まった。

わたしは、恭助の手を引っ張る。

「というわけで、余所者が潜んでいそうな場所を探しに行こうよ」

「ええ〜」

気乗りしてない恭助の声。

こんなことを言い出した。

「響子ちゃんは、もう一つの可能性を忘れてるよ」

え？

まだ可能性があるの？

「本物のムスティックが甦ったのさ。甦ったムスティックは、一人ずつ村人の命を吸い取っていくんだよ」

「…………」

まったく、あんたはなんでそんな怖いことを言い出すのよ。

わたしは、恭助の頭をペシッと叩くと引っ張り起こした。

「さぁ、行くわよ」

「行ってもいいけど……具体的にどこへ行くの？」

「…………」

そう訊かれて困った。余所者が潜んでいそうな場所って、どこにあるの？

「恭助、知らない？」

首を横に振る恭助。

「あんた、長いこと陽炎村にいるのに、なんで知らないのよ！」

わたしが文句を言ったとき、ドアにノックの音。

真衛門さんか美絵留だろうと思ってドアを開けると、そこには巧之介さんが立っていた。

黒の学生服、黒い髪、黒い瞳。そして、蠟《ろう》のように白い肌。

考えてみたら、こうして向かい合って立つのは初めてだ。

思ってたより、背が高い。そして、細い。

このときわたしは、巧之介さんに対する違和感が、どこからきてるのかがわかった。

それは、素朴《そぼく》な疑問——どうして生きてるんだろう？

間違いなく、巧之介さんは病気だ。それも、軽い病気じゃない。おそらく、普通の人ならとっくに死んでるような病気を、いくつも抱えている状況。

なのに、巧之介さんは生きている。

なぜ、死なないんだろう？　——そんな気持ちを、違和感として感じていたんだ。

すると、巧之介さんが口を開いた。

「感謝したまえ」

いきなりの高飛車《たかびしゃ》口調に、わたしと恭助は驚く。

「そろそろ、村の中を調べたくなる時だと思って、こうして来てやったんだからな。——行くぞ」

巧之介さんは、「ついてこい」とも何とも言わず、背を向けた。

わたしたちの前を、学生服姿の巧之介さんが歩く。

学生服の上には、コートもマフラーもつけない。

「巧之介さん、寒くないの？」

わたしの質問に、返事はない。

分厚い雪雲の下を、ふわりふわりと歩いていく巧之介さん。

雪に、浅く残る彼の足跡。それを踏むように、わたしと恭助は歩いた。

巧之介さんを見た村人の反応は、はっきりしていた。

息を呑み、恐怖の目で巧之介さんを見る。そして、建物の中に入っていく。

この避けられ方、ムスティック並みね。

でもおかげで、わたしと恭助は、目立たなくてすんだ。

巧之介さんが案内してくれたのは、村はずれの猟師小屋だった。

「村に数軒ある空き家も、礼拝堂のような公的な建物も、全て鍵が掛かってる。鍵が掛かってなくて、余所者が隠れられるような場所は、この猟師小屋ぐらいだ」

巧之介さんは、小屋の側の切り株を見つけ、積もっていた雪を手で払う。

そこにストンと腰を下ろすと、もう何も言わない。勝手に調べろと言うことだろう。

わたしと恭助は、小屋の前に立つ。

小さな小屋だ。町にあるハンバーガーショップくらいだろうか。

入り口は一つ。窓二つ。わたしは、三匹《さんびき》の子豚《こぶた》の次男が作った小屋を思い出した。

恭助が、小屋の戸に手を掛けた。でも、開けない。

「どうして開けないの？」

わたしが訊くと、恭助が戸を指さす。ピカピカ光る南京錠がついている。
「この小屋に、鍵はついてなかったんじゃないのか？」
恭助が巧之介さんに訊いた。うなずく巧之介さん。
立ち上がると、近くの木の下に行き、恭助を手招きした。
「この枝を一本取ってくれ」
「…………」
恭助が、手を伸ばし枝を一本折る。
巧之介さんは、受け取った枝を持つと、軽く振った。
ヒュッ。
軽い動きだった。それでも、周りの空気が切断されたように見えた。
棒を持った巧之介さんは、今までの弱った感じがまったくない。
——やっぱり、真衛門さんの弟だな……。
巧之介さんは、入り口の前に立つと、無造作に棒を振った。
ヒュッ。
軽い音がした。手を動かしたのだろうとは思うが、その動きは見えなかった。
そして、何も言わず、巧之介さんは切り株に戻る。
何をしたのか、わたしと恭助にはわからない。
切り株に座った巧之介さんは、疲れた声で言った。

「開けてみろ」

わたしは、手を伸ばし戸を引く。

南京錠のUの字の部分が切断され、ブランと下がる。

「便利なもんだな」

感心した恭助の声。巧之介さんは、反応しない。

わたしと恭助は、小屋の中に入った。

斧《おの》や縄《なわ》、雑多《ざった》な木ぎれ、そして薪《まき》をくべるタイプのストーブがあった。

床には、たくさんの足跡。

恭助が、わたしを見る。

「どうやら、村の人たちが先に調べたみたいだね」

うん。

何も、手がかりらしいものは見つけられない。

わたしは、恭助に訊く。

「村の人たち、どうして鍵をかけたのかな？　ムスティックのことを亡霊みたいなものだと思ってるのなら、鍵なんかかけても無駄なのにね」

「うーん……」

少し考えて、恭助が答える。

「ムスティックの件はおいておいて、鍵をかけてこなかったのは、あまりに不用心だと思ったんじゃないかな。これを機会に、戸締まりをちゃんとしようと考えたんだと思うよ」

なるほどね。

わたしと恭助は、小屋の外に出る。ぶら下がってる南京錠のバランスを取り、鍵がかかってるように見えるようにした。

巧之介さんが立ち上がり、わたしたちの前を歩く。

わたしは恭助に訊いた。

「恭助は……ムスティックが亡霊みたいなものと思ってるの？」

わたしの質問を聞き、肩をすくめる恭助。

「ぼくは、何も答えを持ってないよ。それに、事件には関わりたくない。もしムスティックがオカルト的な存在だったら、なおさらだ。そのときは、巧之介の出番だ」

恭助の言葉に、先頭を歩く巧之介さんが足を止めた。

振り返って、恭助を見る。

「どういう意味だ？」

「人には、専門分野があるということさ。ぼくには、オカルトは専門外だ」

「なるほど」

巧之介さんは、恭助の言葉にうなずく。

そして、言った。

「それなら、教えておいてやろう。過去、この村で起きた事件は、記録を読むとオカルト的な要素が多く、確かに、きみの専門外かもしれない。だが、現在起こってる騒動は、きみの専門分野だ。それは、ミリリットル巧之介の名において、保証しよう。頑張って謎を解きたまえ」

巧之介さんが、また歩き始める。

その足が再び止まったのは、恭助が、

「保証してくれるのはありがたいが、ぼくは、謎解きなんかしたくない」

と呟いたからだ。

巧之介さんが、振り返る。

恭助が言った。

「もう、誰も傷つくのを見たくない」

「きみは、寝ぼけてるのか？」

巧之介さんが、言った。その声には、少し苛立《いらだ》ちが感じられる。

「事件を解決して、誰かが傷つくのを見たくない？　――それが、どうした？　誰かが傷つくのを見て、きみが傷つくのかね？」

「…………」

恭助は、答えない。

その様子を見て、巧之介さんが、ビックリした顔をした。

巧之介さんのビックリした顔を初めて見て、わたしも驚く。

でも、次の瞬間、もっと驚くことが起きた。

「ははははは！」

巧之介さんが、笑った。

「恭助、きみは他人が傷つくと自分も傷つくのか！　ははははは！　なんてお笑いぐさだ！　こんなジョークは、ぼくの部屋の本には書いてない。本当に笑わせてくれる。きみは日本人だろ？　日本人に、こんなユーモアのセンスがあるとは、認識を改めないといけないな」

恭助は、呆気《あっけ》にとられて、笑い続ける巧之介さんを見ている。

ようやく笑いが収まった巧之介さんは、いつもの無表情に戻ると言った。

「誰かが傷つけば、自分が傷つく――それは、幻想だ。目を覚ませ」

しばらく恭助は、何も言わなかった。

やがて、ニッコリ微笑んだ。

「幻想なら、幻想でいい」

「それが、きみの覚悟か？」

覚悟……。

わたしには、覚悟の意味がわからない。

でも、恭助はうなずいた。

その顔に、ためらいはない。

「そうか……。なら、ぼくも、これ以上言うことはない」

巧之介さんが、わたしたちに背を向けた。

そして、城に着くまで何も話さなかった。巧之介さんが無口なのはいつものことだけど、何か不気味。

城に着き、地下室への階段を下りていく巧之介さん。

その姿が見えなくなったとき、わたしは言った。

「巧之介さん、恭助が謎解きしない本当の理由を知ってるような気がする」

わたしは、ショックを感じている。

恭助とは、小さいときからずっと一緒だった。言葉にしなくても、恭助が何を考え何を感じてるか、わかってるつもりだった。

なのに、今の恭助の気持ちがわからない。

それを、巧之介さんがわかってる。

わたしにはわからないことが、巧之介さんには見えている。

それが、ショック……。

恭助が、わたしの肩に手を回す。

「中に入ろう」

気がつくと、空から雪がチラチラと落ちてきている。

わたしは、小さく頷いた。

11　覚悟

自分の部屋に入ろうとする恭助を、呼び止める。

「お茶、飲んでかない？　──カレー煎餅は、もうないけど」

恭助の前に、湯呑みを置く。

小さいときから、虹北堂の四畳半で何度もやってきた動作だ。

でも、ここは虹北堂じゃない。畳が敷いてあるが、日本じゃない。フランスの陽炎村にある陽炎城だ。

湯呑みを手で包む。

温まった血が、全身をゆっくり回っていくのがわかる。

「響子ちゃん、帰るのは二日後だね」

一口お茶を飲んで、恭助が言った。

「明日には道も直ってるから、心配ないよ。それより、パスポート無くしてない？　飛行機のチケットも、ちゃんとある？」

「うん、大丈夫」

わたしは、答えた。

そうか、もうすぐ日本へ帰る日なんだ。

わたしは、今までに何度も言おうとして言えなかった言葉を口にした。

「恭助も、一緒に帰ろうよ」

でも、その前に、ふと気になることがあった。

今の会話……。

よく似たやりとりを、何度か小学生の時に交《か》わしてきた。

学校に来ない恭助の様子を見に、虹北堂へ行ったとき——。学校の様子を話すわたしに
読んでいた本を閉じて、恭助は言った。

「響子ちゃん、運動会の練習が始まったのなら、明日の朝は早く学校へ行かないといけないんだろ。宿題は？　まだやってないのなら、早く帰ってやったほうがいいよ。今年は、徒《と》競《きょうそう》走で一位を取るんだって言ってたよね。陸上競技のトレーニング方法が載ってる本が、店の棚にあるんだ。良かったら、持って帰ってよ」

それからしばらくして、恭助が教えてくれた。

あのとき、恭助は、わたしに早く帰ってほしかったんだって。学校のことを話すわたしが、恭助の気持ちをチクチクと刺激したそうだ。

さっき恭助は、唐突《とうとつ》にパスポートやチケットの話を始めた。

学校の話を聞きたくなくて、わたしに早く帰ってほしかった、あのときの恭助に似てる。

恭助……わたしに、早く日本へ帰ってほしいの？

わたしは、考える。

握った拳の上に、何かがポツンと落ちた。

涙だ……。

わたしは、気づかないうちに泣いていた。

「響子ちゃん、どうしたの？」

驚いた恭助が、手を伸ばしてくる。

わたしは、その手を払いのけ、涙を拭いた。

「ごめんね、恭助。わたし……早く帰るから。明日、道が直ったら、すぐにパリへ行くよ。そこで、ホテルに泊まるわ。ずっと陽炎城に泊めてもらったからね、お金は残ってるから心配しないで」

「響子ちゃん……急に、どうしたの？」

驚いてる恭助に、わたしは何も言えない。

何か言ったら、また涙が出てきてしまう。

うつむいたまま、黙ってるわたし。恭助が、わたしの頬の涙を、指でぬぐう。

「勘違いしないでほしいんだ。ぼくは、響子ちゃんに帰れって言ってるわけじゃない」

「じゃあ……」

じゃあ、どうして、チケットやパスポートのことを言うの？

恭助が、大きく深呼吸をしたのがわかる。そして、言った。

「ぼくは、誰かが傷つくのを見たくないから、事件に関わりたくない。そう言ってきた」

「…………」

「でも、謎を解きたくないもう一つの理由がある」

「え？」

わたしは、顔を上げた。

恭助が、わたしを見ている。

「ムスティックは、響子ちゃんが陽炎村に来た日から現れている。——これは、偶然なのかな？」

ムスティックが現れたのは、わたしが村に来た日から……。

今まで気づかなかった。

いや、気づいていても、気づかない振りをしてたのかもしれない。

ムスティックは、陽炎村の伝説。その伝説が甦っても、日本で生まれ育ったわたしには関係ないと思っていた、思いこもうとしていた。

「ぼくは、真衛門や宗國さんから、陽炎村の歴史を聞いてきた」

恭助が、独り言のように話し始めた。

今、わたしたちは、壁にもたれて座ってる。

わたしは、恭助の肩に頭を預けて、彼の話を聞く。

「かつて、この村で起きた不思議な事件。ぼくは、その謎を解いてみようとした。昔の事件なら、関係者は亡くなってるし、誰も傷つかないと思ったんだ。でも――」

恭助の声が、小さくなる。

「解けなかった……。今まで、超常現象に関わる事件を解決したことも、何度かある。超常現象に見えても、そこには何かトリックがあった。でも、この村で起きた事件には、そのトリックが無かった」

「………」

「ぼくは、超常現象を全て否定してるわけじゃない。今の科学では解けない現象は、確かにあると思う。この村で起きた過去の事件も、もっと科学が進んだら、解けるときがくるはずだ」

わたしは、うなずく。

今の科学が万能で、全ての超常現象を否定することができると考えるほど、わたしも尊大な人間じゃない。

恭助が続ける。

「ムスティックが甦ったと聞いたとき、真っ先に思ったのは、『なぜ、響子ちゃんが村に来た日に甦ったのか?』ということなんだ」

「………」

「そんなのは、偶然だと思うようにしたんだけど、無理だった」

恭助は、わたしより長いこと陽炎村にいる。

村の人たちの中に、ムスティックは、まだ生き続けている。

だから、彼らは夜外を歩けない。

ムスティックの夢を恐れる。

そんな人たちと一緒にいたから、恭助も心のどこかで神秘的なことを受け入れるようになってしまったのかもしれない。

「ムスティックが実体のない幽霊のような存在で、誰かに取り憑く——こんな話、とても信じられない。でも、この村にいると、心のどこかで、そんなことが起きても不思議ではないと思えてくる」

恭助が、わたしを見る。

「響子ちゃんに、ムスティックが取り憑いたのかもしれない。——それを、否定できなかった」

わたしは、言いたかった。

大丈夫。わたしは、わたし。ムスティックに取り憑かれてない。

でも、何を根拠に、取り憑かれていないと言えるのか……。

わたしは、恭助に、ずっと気になってたことを訊く。

「ここにいるのは、楽しい？」

「どうしたの、急に？」

「いいから、答えて」

「……うん、まぁね」

屈託無《くったくな》く答える恭助。

「いろんなところを歩いてきたけど、陽炎村が、一番楽しいのかもしれないな。だって、もう半年近くもいるんだよ」

そうなんだよね……。

わたしが小学校を卒業するとき、「探し物があるんだ」と言って、恭助は旅立った。もし、その探し物が、〝自分の居場所〟だったとしたら、恭助の旅は終わったということになる。

最後に、今まで訊くのが怖くてできなかった質問をする。

「虹北商店街より、ここの方がいいの？」

すると、恭助はビックリした顔になる。

「……考えたことなかったな」

立ち上がる恭助。わたしに背を向ける。それは、わたしに顔を見られたくないから？

「虹北商店街は、大好きだよ。ぼくが生まれて育ったところだからね。商店街の人たちは、みんないい人だし、虹北堂にはたくさん本もある」

「…………」

「でもね、ときどき、とても息苦しくなるんだ。――虹北商店街も、陽炎村も」

溜息をつく恭助。

それは、虹北商店街や陽炎村に対して、溜息をついてるんじゃない。どこに行っても安らぐことのできない、自分自身に溜息をついている。

「ねえ、恭助……。その息苦しくなる原因に、わたしも入ってる？」

恭助は、ブルンブルンと首を横に振った。

「どこにいても、響子ちゃんには、ずっと一緒にいてほしい」

サラリと、恭助が言った。

わたしは、レコーダーを持ってきてなかったことを後悔する。持ってたら、絶対に、もう一度言ってもらうのに……。

「でも、ぼくは、まだ自分の場所がわからない」

恭助が言う。

自分の場所——。

自分がいる場所、いてもいい場所、いたい場所、いなければいけない場所。

そんな場所が、まだ見つからないと恭助は言う。

「だから、まだぼくは、響子ちゃんに一緒にいてほしいって言えないんだ。そして、今の状況を見ると、響子ちゃんは、この村から早く出た方がいい」

「もし——」

わたしは、一大決心して訊く。

「もし恭助の場所が見つかったら、そのときは、さっきの言葉、もう一度言ってくれる？」

恭助は、躊躇《ためら》うことなくうなずいた。

よし！　それでじゅうぶんだ。


夕食の席で、宗國さんに、明日道が直ったら日本へ帰ることを告げた。

「そうですか、それは残念ですね」

宗國さんは、そう言いながらも、どこかホッとした顔をしている。

「えー、もう帰っちゃうんですの？」

とっても残念そうな美絵留の言葉。

でも、目が、邪魔者が消える喜びで輝いている。

「寂しくなりますわ」

しんみりした口調だけど、バフバフと食事を続ける美絵留。それにしても、よく食べる。

美絵留は、朝もお昼も部屋で食事をしたので、食堂で顔を合わせるのは久しぶり。でも、こんなに食べる子だっけ？

「でも、恭助のことなら安心してくださいね。わたしがいますから」

美絵留が、わたしをチラリと見た。

その目――肉食獣の目。

ダメだ！　こんな奴のいるところに、危なくて恭助を置いとけない。

わたしは、立ち上がると言った。

「明日帰るのやめます！　やっぱり、ギリギリに帰ることにします！」

「えー！」

その場にいた全員が驚く。

「あの……響子ちゃん」

恭助が何か話しかけてきたけど、無視。

「ごちそうさまでした！」

わたしは、丁寧に手を合わせると席を立った。


雪は、降り続いている。

わたしは、部屋に戻ると、早々に布団に入った。

――食堂では、ああ言ったものの、やっぱり明日帰ろう。これ以上、村にいるのは良くない。

うとうとしながら考える。

今、村の人たちは、みんな礼拝堂に集まっている。

集まっていないのは、陽炎城にいる人だけ。

ただ、真衛門さんだけは、夕食前から礼拝堂に行っている。村の人を守るためだ。

でも、そんな心配も今夜まで。

わたしが村からいなくなったら、ムスティックも現れない。そんな気がする。

そう、わたしが日本へ帰ればいいんだ。わたしが帰れば、なんだか、全てがうまくいくような気がしてきた。
わたしは、安らかな気分で眠りにつく。

……なのに。

12　大脱走

とても良い目覚め。
うん、なんだかスッキリしてる。
身支度《みじたく》を調《ととの》え、部屋から出る。
あれ？
廊下に脱いであった、わたしのスノーブーツ。なんだか湿《しめ》ってる。
廊下を見ても、所々《ところどころ》濡れている。どうしたんだろう……？
食堂に行っても、あれ？
いつもはおいしそうな匂いが充満してる食堂に、なんの準備もしてない。

――宗國さん、寝坊してるのかな？

うん、こういうときこそ、居候の出番ね。

わたしは、恭助を起こすと、一緒に朝食の用意を始めた。美絵留も手伝わそうとしたんだけど、どれだけノックしても出てこない。きっと、夜更《よふ》かししてまだ寝てるんだろう。

洋風の朝食――トーストとコーヒーと目玉焼きなんだけどね――を用意し終えたとき、宗國さんと真衛門さんが食堂に入ってきた。

「何かあったんですか？」

恭助が、宗國さんに訊いた。

「ああ……。真衛門。恭助たちに、話してあげてくれ」

そう言って、また宗國さんは出て行く。トーストをくわえていくのを忘れない。（途中、誰かとぶつかったら、それは転校生なんだろうな……）

わたしは、真衛門さんに訊く。

「宗國さん、どうしたの？」

「道の復旧工事の手伝いに行ったんです。夜明けとともに、作業を再開してるんです」

笑顔で、答える真衛門さん。目の下に隈《くま》ができている。

宗國さんも笑顔だったけど、二人とも、ずいぶん無理のある笑顔だ。

それっきり、何も言わない。

「何か……あったんですね」

真衛門さんが、うなずく。


昨夜、真衛門さんは村の人たちを守るため、礼拝堂に泊まっていた。

子供たちは、みんなで寝られるのがうれしくて、大はしゃぎ。

大人たちも、真衛門さんがいるので安心している。

走り回る子供たちと酒を飲んで盛り上がる大人たちが眠ったのが、日付が変わる少し前。

真衛門さんと、若者数人が、不寝番《ふしんばん》。

そして、日本では丑三《うしみ》つ時《どき》――フランスでは何というのかしらないけど、午前二時頃。

夜半まで降っていた雪は、すでに止んでいる。

窓から外を見ていた若者が、声にならない悲鳴をあげた。

「あ……ああ……」

みんなが、窓の所に集まる。

そして、見た。

村の奥の方に、怪しい光が二つ。

「あんなところに、街灯無かったよな……」

誰かが言った。

言わなくてもわかってる。第一、街灯は、フラフラ揺れたりしない。

「……鬼火《おにび》？」

真衛門さんが、日本語で言った。

村の中に、日本語がわかる人はいない。

眠っていた大人が、この騒ぎに起きてくる。

「大丈夫です。安心してください」

真衛門さんが言う。そして、みんなを礼拝堂の中央に固めた。

——大丈夫、大丈夫……。

その言葉は、自分に言い聞かせているようだった。

真衛門さんは、城から持ってきていた剣を持つ。フェンシングに使うには、少し太身の剣だ。

剣を持った自分は、最強だと信じている。自分の剣に斬れないものはない。——真衛門さんは、そう信じている。

彼が恐れるのは、夜の闇だけだ。

光は、一時間ほど見えていた。

「夜が明けてから、村の若者数人と光が見えていた方に行ってみたんですよ」

真衛門さんが言う。

雪面には、足跡が入り乱れていた。

「なるほど」

恭助が言う。

「昨日、村の人はみんな礼拝堂にいた。それは、間違いないね？」

真衛門さんが、うなずく。

「つまり、村の人たちの中にムスティックはいないということが証明されたわけです」

「そう。それは同時に、ムスティックがこの城にいるということになる」

恭助の言葉に、わたしはブルッと震える。

そして、無理に明るい声で言う。

「そんなバカなことないって。昨日の夜、この城にいたのは、宗國さんと巧之介さん、美絵留、恭助、わたしの五人だよ。この中に、ムスティックがいるっていうの？」

「…………」

真衛門さんは、わたしの方を見ない。

「まだこれは、村の人たちは気づいてないのですが――」

そう前置きして言った。

「昨夜見つけた足跡の場所から、城に向かって足跡がついてたんです。一人の足跡じゃありません。少なくとも、二人の足跡です」

「…………」

わたしは、口をギュッと結ぶ。

朝、濡れていた廊下、湿っていたスノーブーツ……。これ、真衛門さんの話に関係ないよね。

「困ったことに、村の人たちの中で、数人が体調を崩しています。子供が三人。大人と老人が一人ずつ。子供は、遅くまではしゃぎすぎ、大人は酒の飲み過ぎが原因なんでしょうが……。ムスティックのせいというより、自業自得《じごうじとく》って奴なんですがね」

真衛門さんが、わたしを見る。

「ぼくは、恭助や響子がムスティックに関わってるとは、少しも思ってません。でも、村の人の中には……。それに、響子が来てから、ムスティックが現れたと言い出す奴もいて――」

最後の言葉に、わたしの心臓がドクンと跳ねる。

わたしの頭に、朝見た光景が浮かぶ。

湿っていたスノーブーツ。廊下の濡れた足跡。あれは、何を意味してるの……。

わたしが寝ぼけて、夜中に出歩いた？　ううん、それはない。寝ぼけて歩き回るなんて、そんなことしたことない。

じゃあ……。

そこまで考えたとき、一番触れたくない部分に思いが行ってしまった。

ムスティックが、わたしの中にいる……？

ゾワリと背筋の毛が逆立つ。まるで、皮膚《ひふ》の下をムカデが這ってるかのような感覚。

か……かっ。息が詰まる。胸が苦しい。

落ち着いて、落ち着いて。わたしは、自分に言い聞かせる。

そんな……ムスティックが取り憑いたなんて……そんなバカな話があるわけない。

だいたい、今は二十一世紀だ。魔女や魔法が支配していた中世じゃない。

わたしは、頭の中に未来都市を想い描く。空を突く高層ビルディング。その間に張り巡らされたチューブの中を、エアカーが走り回る。

そう、死者の魂が生きた人間に取り憑くなんて時代遅れな話、鼻で笑っちゃうわ！

でも……。

なぜ、スノーブーツが湿っていたの？

なぜ、廊下に濡れた足跡がついていたの？

それらの謎は、わたしの体をムスティックが動かしたと考えたら、解決できる。

そして、今までわからなかった謎が、一つ解ける。

どうして、魔術師《マジシャン》の恭助に、ムスティックの謎が解けなかったのか？

それは、解けなかったんじゃない。解かなかったんだ。

わたしが、ムスティックだから——。そのことに気づいた恭助は、謎解きを封印した。

わたしを守るために……。

こんなに寒いのに、汗がジワリと吹き出してくる。体が、接着剤《せっちゃくざい》でも吹き付けられたかのように、硬く思える。

背後から何かがのしかかってくるような感覚。

それは、ムスティック……？

「どうかしましたか、響子？」

真衛門さんの言葉に、わたしはハッとする。今まで固まっていた体が、スッと軽くなる。

ふぅ……。

汗を掻いてるわたしに気づかず、真衛門さんが言う。

「今から、ぼくも道を直しに行ってきます。響子は、道が直ったら、一刻も早く村を出た方がいいです」

わたしは、うなずいた。

大丈夫――大丈夫、わたしは大丈夫だ。

そして、明るい口調で言う。

「じゃあ、お弁当作って持ってくね」

「いや、美絵留に作って持ってこさせてください。――響子は、できるだけ城の外に出ない方がいい」

そして、真衛門さんは城を出て行った。


昼前に起き出してきた美絵留は、真衛門さんの伝言を聞くと、はりきってお弁当を作り始めた。

宗國さんと真衛門さんの二人分だけでいいのに、ものすごい量を作ってる。

「じゃあ、行ってきますね」

重箱に詰め込んだ弁当を風呂敷《ふろしき》に包む美絵留。それを持つのは、恭助だ。

二人が出て行くと、静かだった城が、ますます静かになった。

今、陽炎城にいるのは、わたしと巧之介さんだけ。

わたしは、中庭に出た。雪に、サクサクと足跡が刻まれる。

中庭から、城を見る。

どんよりした曇り空の下。陽炎城の石の壁がくすんでいる。

この村に来てから、まだそんなに経ってないのに、なんだかずいぶん長いこと住んでたような気がする。

ムスティックが甦った。

村の人たちが夜出歩けない理由もわかった。

そして、村と麓を結ぶたった一つの道が崩れ、ムスティックの棺が動いた。

いや、動いたのは棺だけじゃない。悪魔の木も動いている。

「う〜ん……」

わたしは、思いっきり伸びをする。

いろいろ考えても、わからないのは最初から目に見えてる。こういうことを考えるのは恭助の役目だけど、今の恭助はあてにできない。

ムスティックの事件――もし、わたしに原因があるのなら、恭助は謎を解かない。

もし、わたしにムスティックが取り憑いていたら……。

そこまで考えて、わたしは大あわてで首を横に振る。

ダメだ、そんなことを考えたら。

「あ〜……」

大きな声を出して、もう一度、伸び。

つまらないことを考えて、怯えるのはやめよう。今は、日本に帰ることだけを考えるんだ。

わたしは、陽炎城を手で示し、見えないテレビカメラに向かって笑顔をつくる。

「それでは、これでフランス陽炎城からのレポートを終わります。今から日本に帰りますからね〜！　虹北商店街のみんな、待っててね！」

よし、荷造りだ！


荷物をまとめ、部屋の掃除を終えた頃、恭助が戻ってきた。

どうしたんだろう、赤い長髪が濡れている。

「どうしたの、恭助？」

「雪玉を投げつけられたんですわ」

恭助の後ろから、美絵留が現れた。手に持ったタオルで、恭助の髪を拭いている。

「………」

恭助は、邪魔そうに美絵留の手を振り払った。

「ジャンがね……」

　ボソッと言う恭助。

「ジャン君が、どうしたの？」

「ぼくと、目を合わさなかった」

　なるほど。それは、ショックだろう。

　今まで、わたしたちを周りの大人たちが忌《い》み嫌っても、ジャン君だけは自然に接してくれていた。

　なのに……。

　どれだけ多くの雪玉を投げつけられるより、ジャン君が目を背けたことの方が、恭助にとっては痛かっただろう。

「心配ない」

　美絵留の後ろに、いつの間にか巧之介さんが立っている。

「恭助も響子も、ミリリットル家の客人だ。どれだけ嫌な奴だろうが嫌われ者だろうが守る価値のない奴だろうが、客人である以上、きみたちの安全はミリリットル家の人間が守る」

「…………」

「ミリリットル巧之介、その名において、君たちを守ろう」

　巧之介さんが、力強く言った。

わたしは、

「……ありがとう」

と、顔を引きつらせないように言うのが精一杯だった。


陽が暮れる寸前、真衛門さんと宗國さんが帰ってきた。

「道は、あと少し——一時間もあれば、直ります。でも、陽が暮れて、もうこれ以上工事を続けることはできませんでした」

残念そうな真衛門さんの言葉。

そうか……。

これで、夜の間に村を出ることはできなくなった。

わたしが日本へ帰れば、全てがうまくいく——そう思っていた。なのに……。

膨《ふく》らんだ風船が、だんだんしぼんでいく感じ。

わたしの不安な顔を見て、真衛門さんが言う。

「大丈夫ですよ。何も心配ありません。明日の午前中には道も直り、響子は日本へ帰れます」

「…………」

ありがとうね、真衛門さん。

それでも、わたしの不安は消えない。

真衛門さんが続ける。

「それに、響子と恭助はミリリットル家の客人です。ミリリットル真衛門が、その名において、二人を守りますから」

真面目な顔の真衛門さん。

でも、わたしは吹き出してしまう。だって、巧之介さんと同じこと言うんだもん。

似てないように見えて、やっぱり兄弟なんだ。

うん、なんだか元気になった。


夕食後——。

恭助が、わたしの手の中に、折りたたんだ紙を入れた。

部屋に戻って紙を開くと、『九時に迎えに行く。最低限の荷物と寒くない格好を用意して』と書かれていた。

恭助が迎えに来てくれる——こんな状況でも、わたしは何となく胸がときめく。まったく、困ったもんだ。

言われたとおり、部屋に帰って防寒着を用意。チャックつきのポケットには、パスポートと航空チケット。そして、何かあったときのために数個のチョコレートを入れる。

これで、持ってくものはＯＫ。

あとは、もっと大切な用意。わたしは、鏡を出すと、念入りに化粧をした。

九時。微《かす》かなノックがした。

ドアを開けると、マント姿の恭助が立っていた。その肩には、いつも通りナイトが乗っている。

わたしの顔を見て、ビクッとする恭助。こんなときだから、その反応については突っ込まないでおこう。

恭助は、わたしの手を取り、城の外へ。

雪は止んでいて、薄曇りの空には半欠けの月が見える。

わたしと恭助の足跡が、くっきりと雪の上に残る。

「どこへ行くの？」

「昨日行った猟師小屋。一度、調べられてるからね。盲点《もうてん》になってると思うんだ」

了解。

振り返ることなく、早足でわたしの前を歩く恭助。わたしは訊いた。

「恭助、何を心配してるの？」

「…………」

恭助は、答えない。

おそらく、わたしと同じ心配をしてるんだと思う。

わたしは、本で読んだ魔女狩りを思い出す。いや、まさかね……。

あれは、科学の発達してない中世に起きたこと。この現代に、魔女狩りなんてね……。

小走りしながら、わたしは明るく言う。

「朝になってから、城を出てもよかったんじゃない？　だって、村の人たちは、夜の間は外に出ないんだから」

「最初は、ぼくもそう思ったんだ。だけど、今日の村の様子を見て、ヤバイと思った」

答える恭助の声が、真剣だ。

「村の人たちの、ぼくたちを見る目。今までは、恐怖がみんなの行動を押さえ込んでた。でも、あんなに追いつめられた目をしてたら……」

「……魔女狩り？」

「考え過ぎかもしれない。でも、ありえないことじゃない」

「…………」

わたしの頭に、ある言葉が浮かぶ。『キュウソ、猫を噛む』……。

「恭助、訊きたいことがあるんだけど」

「何？」

「キュウソって何？　急須の妖怪？」

一瞬だけ、恭助の足が止まった。

「救いは、響子ちゃんの天真爛漫さだね」

この言い方は、褒めてないわね。

わたしは、違う質問をする。

「ひょっとして……村の人たちが、夜の間に、城へ押しかけてくるとか考えてる？」

恭助は、黙ってうなずいた。

「じゃあ、だったら、よけいに城にいた方がよかったんじゃない？　だって、城には真衛門さんがいるよ。真衛門さん強いから、村の人たちが襲ってきても――」

そこまで言って、わたしは言葉を止めた。

ダメだ。城にいたら、ダメだ……。

恭助が立ち止まり、わたしの方を見た。

月の光に照らされた顔が、青白い。

「ぼくたちが城を出た理由、わかった？」

わたしは、うなずく。

真衛門さんは、確かに強い。どれだけ多くの人に襲われても、わたしたちを守りきってくれるだろう。

でも、その強さを、村の人たちに向けることは絶対に無い。

小さいときから育った陽炎村――そこに住む人たちを真衛門さんが倒すわけがない。

わたしたちを守らなければいけない。でも、村の人と戦うわけにもいかない。――真衛門さんは、苦しむだろう。

それを解決する方法は一つ。

「ぼくらが、真衛門の前からいなくなればいいのさ」

恭助の言うとおりだ。

わたしたちは、雪の残ってない小道や岩の上、藪《やぶ》の中を通り、猟師小屋を日指す。

「シッ！」

突然、恭助が立ち止まり、わたしを家の陰に引っ張った。

「どうしたの？」

小声で訊くと、恭助が通りの向こうを指さす。

最初に見えたのは、チラチラ揺れる炎。数本の松明《たいまつ》だ。

そして、その光に照らされた村長さんと男の人たち。陽が暮れてるのに、出歩いている。

わたしの背中を、ゾクリと冷たいものが走る。

それは、男の人たちが手にしてるものを見たからだ。猟銃に、長い柄《え》のついた鎌《かま》、木の棒……。

何より、彼らが身にまとってる空気。あからさまな敵意、殺意。

間違っても、友好条約を結ぼうって雰囲気じゃない。気分はもう戦争だ。

「大丈夫だから」

恭助が、わたしを包み込むように、抱きしめてくれた。気づいてなかったが、わたしの体は、小刻みに震えていた。

松明の炎が、動き始める。それは、城の方向。

わたしたちは、炎が見えなくなるまで、動けなかった。

壊れた鍵をはずし、猟師小屋の中に入る。

恭助は、窓に付いている木の戸を閉めてから、ランプに火をつけた。

ぼんやりした明かりの下、わたしたちは膝《ひざ》を抱えて床に座る。

体が震える。それは寒さのためだけじゃない。

わたしは、恭助に寄り添う。

「真衛門さん……ミリリットル家の人たち、大丈夫かな?」

「大丈夫だと思うよ。ぼくたちの城から出る足跡は、しっかりつけてきたからね。城に、ぼくらがいないことがわかったら、村長さんたちも大人しく帰るさ」

その言葉に、わたしは安心する。

これで、真衛門さんたちの心配はない。

でも――。

「わたしたちは安全なの?」

城を後にした村の人たちが、そのままわたしたちを捜すとは考えにくい。もともと、夜に外出することを恐れてる人たちだ。ここは、家に帰るだろう……っていうか、帰ってほしい。

そう、わたしたちは、村の人たちに襲われる心配と同時に、もう一つの心配をしなくてはならない。

ムスティック……。

ムスティックに襲われたら、どうするの？

「それは……ぼくを、信用してもらうしかないね」

恭助が、微笑んだ。

本人は、力強い余裕の笑顔を見せたかったのだろうが、どう見ても引きつってる。

――これは、わたしが頑張らないといけないわね。

でも、わけのわからない怪物相手に、わたしの必殺ブローが通じるのかな……。

「ねえ、恭助――」

わたしは訊く。

「もし、わたしにムスティックが取り憑いてたら、どうする？」

「…………」

恭助は、答えない。困ったような顔で、わたしを見てる。

わたしは、意地悪な質問はやめた。

笑顔を作って、明るい声で言った。

「冗談《じょうだん》だって。それに、もしムスティックが乗り移ってたら、怖いもの知らずじゃない。村人が何人来ても追い払ってあげるわ」

「心強い言葉だね」

恭助も明るく答える。

でも、状況は決して明るくないことはわかってる。

こんなとき、真衛門さんがいてくれたらな。

「ねえ、恭助。わたしたちが城にいないことがわかったら、真衛門さん、心配して捜しに来てくれないかな？」

「それは無理だよ。真衛門は、誰よりも夜の外出を怖がってる。そんな男が、来るはずないよ」

それもそうだ。

「とにかく、朝まで頑張ろう。道は、もう少しで直るって言ってただろ。無理したら通れると思うんだ。そして、響子ちゃんは日本へ帰る。ぼくは——」

「ぼくは？」

「…………」

恭助の言葉が止まった。

わたしが言う。

「恭助は、帰らないの？」

「…………」

「あのね、恭助も気づいてるかもしれないけど、世界中のどこへ行っても、恭助の居場所なんてないよ」

わたしは、断言した。

探し物があると言って、恭助は旅に出た。

何を探すのか訊いたら、「それがわからないから、探しに行く」って、恭助は言った。

でも恭助を見ていて、わたしは思った。恭助が探してるのは、自分の居場所だ。

自分が自分でいられる場所を求めて、恭助は旅を続けている。

だけど、そんな場所なんて、どこにもない。

どこに行ったって、余所者なんだ。

「恭助は、虹北商店街も、自分の居場所だと思ってないんでしょ」

「……」

答えない恭助。

「でも、どこへ行ったって同じなんだもん。だったら、虹北商店街へ帰ろうよ。あそこには、恭助に帰ってきてほしい人が、たくさんいるんだよ」

そう。

わたしは、恭助に帰ってきてほしい。

「だから、帰ろうよ……一緒に帰ろう。虹北商店街へ」

そのとき、恭助が手を伸ばし、わたしの口をふさいだ。

え？

「静かに」

小声で、恭助が言った。

わたしは、耳を澄ます。

ギュシ……キュシ……。

猟師小屋の外から聞こえる音。これ、雪を踏みしめる音だ。

「恭助……」

囁《ささや》くわたしを、ギュッと抱きしめる恭助。そして、わたしを背中に回すと、小屋の中を見回した。

壁に立てかけてあった棒を持つ。

振る。その反動で、思いっきり、ふらつく恭助。

無理もない。なんせ、不登校児の上に、スポーツ経験皆無《かいむ》の男だ。棒も、生まれてから十七回くらいしか振ったことないだろう。

「よし！」

おそらく十八回目になる素振《すぶ》りを終えて、恭助は言った。

どこが「よし！」なのか、わたしには見つけられない。

ギュシギュシという足音は、だんだん近づいてきてる。

そして、小屋の戸の前で止まった。

ギィ〜。

戸が開いて、人影が見えた瞬間、

「わぁー！」

悲鳴のような叫び声をあげ、恭助が人影に向かっていった。

斬！

小屋の外から、一陣の風が吹いた。

振りかぶった恭助の棒が、切断されて、ボトリと落ちた。

「せっかく心配してきてみたら、ひどい出迎え方ですね」

人影が言った。この声……真衛門さんだ。

手に、太身の剣を持っている。

「真衛門さん、来てくれたの！」

わたしは、叫んだ。

恭助が、手元に残った棒の残骸《ざんがい》をポイと捨てる。

「夜歩くのは、苦手なんじゃなかったっけ？」

「友達が溺《おぼ》れていたら、遊泳禁止の海でも飛び込むでしょ？」

微笑む真衛門さん。

「自分が溺れたら、どうするつもりなんだ？」

「ぼくは、泳ぎが得意なんですよ。知りませんでしたか、恭助？」

「無理しちゃって」

素っ気ない恭助の言葉。でも、本当はうれしいんだろうな。

ものすごく、照れくさそうな顔になってる。

「でも、わたしたちが猟師小屋にいるって、どうしてわかったの？」

わたしの質問に、真衛門さんはウィンク。

「巧之介に訊いたんですよ。『恭助たちがいないんだが、どこへ行ったと思う？』って。あいつは、すぐに『猟師小屋』と答えました」

さすが、巧之介さん。

「さぁ、朝まで頑張って起きてましょう！　——しりとりでもしますか？」

真衛門さんが微笑んだ。

13　ムスティックが来た

しりとりは、四回やって、わたしの全敗。日本語のしりとりでフランス人の真衛門さんに負けたことは、かなりショック。

それから、わたしたちはストーブの周りでいろんな話をした。

中でも、真衛門さんは商店街の人たちの話に興味を持った。

福引きで特等を当てたときの盛り上がり、振興会と若旦那たちの戦い、お願いビルディングやメヌエット賞などなど——。

不景気でも元気に暮らしてる人たち。

「虹北商店街って、変わった人ばかりいるんですね。フランス人の価値観では、はかりがたいです」

いや、日本人の価値観でも、はかれない人が多いんだけどね……。

「いいですね、日本。行ってみたいな」

わたしは、考える。うん、真衛門さんなら、じゅうぶん虹北商店街の仲間になれるよ。

「おいでよ、真衛門さん。日本にも、お城はあるからさ。いい城見つけて、引っ越せばいいじゃん」

「おお、それはいいですね」

笑顔の真衛門さん。

「日本へ行くのが、楽しみです」

真衛門さんが、わたしの頭に手を乗せた。

そして立ち上がると、ランプの火を消した。

「どうしたの、真衛門さん」

暗闇に浮かぶ真衛門さんの横顔。さっきまでの笑顔が消えている。

「…………」

真衛門さんは、窓を覆っていた木の戸を開けた。

漆黒の闇の中に、松明の火が八つ揺れている。

「真衛門……」

恭助が、棒を持つ。

「大丈夫ですよ」

そう言う真衛門さんは、剣を持たない。


戸を開けて、わたしたち三人は小屋の外に出た。

月の光を浴びて輝く雪面。

シルエットになって浮かび上がる木々。

濃紺の夜空。雲の動きが速い。

深呼吸。冷たい空気が入ってきて、胸が痛い。

わたしたちの前で、八つの松明が止まった。

「恭助……このピンチ、どうやって脱出する？」

わたしは、小声で訊いた。

「……今は、真衛門に頼るしかない」

呟く恭助。

その真衛門さんは、わたしたちを背にして、松明の群れに向かい合っている。

手には、何も持ってない。

それに対して、松明を持った人たちは、猟銃や鎌を手にしてる。

人数的にも、向こうは八。こっちは三。その三のうち、一人は恭助なので実質二。おまけに、真衛門さんは、村の人たちに手を出すつもりはない。つまり、こちらは限りなく一に近い。

まずいな……。

「あの人たちがピラニアだったらいいのにね」

わたしは恭助に言う。

「そうしたら、牛を放して、牛がやられてる間に川を渡れるのに」

「え？」

恭助が、わたしをみる。

なんだか、とても驚いたような顔をしている。

「どうしたの、恭助？」

「響子ちゃん、今、なんて言ったの？」

「えっと……ピラニアがいる川の渡り方だけど……。恭助も知ってるでしょ」

うなずく恭助。

「そうだった……。ぼくはバカだった。もし、ここがフランスじゃなくてアマゾンだったら、すぐに気がついたんだ……」

「気づいたって、何に？」

「ムスティックの正体」

ふーん……。

って、

「えー！」

わたしは叫んだ。

「気づいたって！　ムスティックの正体！　——本当⁉」

「………」

「ひょっとして……わたしがムスティック？」

恭助は、答えない。

宝石のように丸い目をして、一心不乱《いっしんふらん》に考えている。ムスティックの正体について、検証してるんだろう。


恭助は、ムスティックの正体に気づいたと言った。

で、それは、今のこの状況をなんとかしてくれるんだろうか？

真衛門さんに向かって、松明が動く。

誰も何も言わない。

松明の光に浮かぶ、村の人たちの目。まるで、催眠術《さいみんじゅつ》にでもかかったかのように、表情が無い。

話をしても、わかってもらえる感じじゃない。

「恭助に響子」

真衛門さんが、振り返らずに言う。

「ぼくがみんなを足止めします。その間に、なんとか逃げてください」

足止めするって、どうやって？

真衛門さん、何も武器を持ってないんだよ。

そのとき——。

「ワハハハハハハハハハ！」

こもった笑い声が響く。

左前方の丘に、激しい光。そして、その光の中に立つ甲冑姿の人間。甲冑が光を跳ね返し、とても眩しい。

ムスティックだ！

腰に手を当てて、笑い続けるムスティック。

その横では、もう一人——ムスティック十五世が、奇妙な銃を手にしている。

「ワハハハハハハハハ！」

ムスティックが、腰に差していた二本の剣を抜く。

そして、わたしたちの方に向かって突進してきた。

「うわー！」

村の人たちが、松明や猟銃を放り出し、逃げる。

真衛門さんが、小屋の中から剣を持ってくると構えた。

「ワハハハハハハハハ！」

跳《と》ぶように近づいてくるムスティック。

近づいてくるにしたがって、ムスティックの姿が、はっきり見え——って、え？

わたし、こ、この姿、ど、どこかで見た、こ、こ、こと、が、あ、あ、ある。

真衛門さんの体から、激しい殺気がほとばしる。

「ワハハハハハハハハ！」

何も考えず突っ込んでくるムスティック。

真衛門さんが、剣を抜く。容赦《ようしゃ》ない動き。わー、ダメだよ真衛門さん！

ムスティックを殺しちゃダメだ。

「ワハハハハハハハハ！」

ムスティックが、剣を振りかぶる。

応戦しようとする真衛門さん。

ダメだ、間に合わない！

目をつぶるわたしの耳に、

「**カーット！**」

恭助の大声が聞こえた。

静止するムスティック。

剣を下ろすと、銀色の兜を取った。

「どうして、今のシーンがカットなんだい？　納得できないね」

ムスティック——いや、兜を取った若旦那が言った。

何言ってんの、若旦那。恭助が止めなかったら、あんた死んでるんだよ。

「ぼくも、納得できません。最高に盛り上がった場面なのに」

ムスティック十五世——宮崎さん——が、奇妙な銃に見えていた物——若旦那の八ミリカメラ、フジカZC一〇〇〇——を、止めた。

「納得のいく説明を聞かせてほしいものだね」

若旦那の言葉に、わたしもうなずく。

うん、わたしも納得のいく説明を聞かせてほしい。

どうして若旦那と宮崎さんがフランスの陽炎村にいて、ムスティックに間違えられてるの？

見開かれた恭助の目が、丸い。

「夜間ロケはこれくらいにして、城に帰りませんか？　全ての話は、夜が明けてからにしましょう」

14 真相

ムスティックが捕まった。

捕まえたのは、真衛門と城にいる二人の日本人だそうだ。

ムスティックの正体は、映画好きの日本人という話だ。

——これらの噂が、時速七十五キロ以上のスピードで村を駆け抜ける。

それと同時に、みんなの頭に疑問が生まれた。

どうして映画好きの日本人が、悪魔の木を歩かせたり、鍵の掛かった納骨堂の棺を動かすことができたのか?

それらの疑問に対して、みんな口を閉ざした。

そして、噂の最後は、こう締めくくられた。

たった一人——キオスクだけが、謎が解けているという話だ。

礼拝堂に、全ての村人が集まった。

いや、一人だけ来てない人がいる。巧之介さんだ。

城に戻り、巧之介さんの部屋に行って、恭助が謎解きしたことを告げると、ボソッと、

「遅すぎる」

と言っただけ。そして部屋から出ようとしない。

「謎解き、聞かないの？」

引っ張り出そうとしたんだけど、

「興味ない」

の一言。

その言い方を聞いてると、巧之介さんも、全てわかっているような感じ。


村の人に向かい合う形で、祭壇に恭助が立った。恭助の脇に、真衛門さん――フランス語が通じないときのためにいるのだろう。その隣には、わたし。

そして、祭壇の脇に椅子が二脚。

座ってるのは、若旦那と宮崎さん。

村人たちは、若旦那たちを見て、ひそひそと囁きあっている。

「あれが、ムスティックか……？」

「明るいところで見ると、なんだか安っぽいな」

「なぜ、あの日本人は、あのような面妖《めんよう》な格好をしてるんだ？」

二人は、顔を覆っていた兜――というよりフルフェイス型のヘルメットを外しているが、甲冑のような銀のプロテクターは、身につけたままだ。プロテクターは、胸についたボックスやベルト部分が透明《とうめい》のプラスチックで作られ、内部の機械が見えるようになってる。

なんだか、デパートの特撮ヒーローショーの楽屋を見てるような雰囲気。

なぜ、こんな格好を二人がしてるのか？　——わたしには、わかる。

二人は、『宇宙刑事エクスレバン』の撮影をしていたのだ。

昨日の夜、ムスティックを見たとき、『ＦＡＤＥ　ＩＮ』で宮崎さんが描いたデザイン画を、わたしは思い出した。

恭助が、若旦那たちを手で示し、フランス語で村の人たちに言う。

「この二人の日本人は、有名なアマチュア映画人です。撮影をするたびに、日本でも騒ぎを起こしてるのですが、今回はフランスまで来て、みなさんにご迷惑をおかけしました。同じ日本人として、お詫《わ》び申し上げます」

丁寧に頭を下げた。

若旦那が恭助に訊く。

「今、何を言ったんだい？」

「若旦那たちを、日本では有名だと言ったんです。映画を作るたびに、大きな話題になるって」

「ふむ、悪くない紹介の仕方だ」

満足げに頷く若旦那。

わたしは、真衛門さんから恭助のフランス語の内容を聞いてるから、なんとも複雑。そりゃ、確かに、〝有名〟だし〝話題になる〟。嘘は言ってないけどね……。

脱いでいたヘルメットを被って、若旦那がスックと立ち上がる。

村人のどよめき。

若旦那は、剣を構えてから振り回す。

流れるような動き。この映画を撮るに当たって、かなり剣舞《けんぶ》を研究したんだろう。まったく、自分の映画に関してだけは、まめに頑張るんだから……。

若旦那の動きにあわせて、胸とヘルメットの電子部品が、キラキラ光る。

そして、決めポーズ。

「宇宙刑事エクスレバン！」

ジャン君を中心に、子供たちが歓声を上げる。言葉が通じなくても、子供が喜ぶことは万国共通なんだな。

恭助が口を開く。

「今回の騒ぎは、この二人が陽炎村でロケを始めたために起こったものです」

「日本にいるとき、二人は、エクス＝レ＝バンという地名を聞き、『宇宙刑事エクスレバン』という特撮映画を撮ることにしました。幸いなことに、スタッフの一人である響子ちゃんがフランスへ行くので――」

「ストップ！」

真衛門さんの同時通訳を聞いていたわたしは、恭助を止める。

「今の発言の中に、間違いがあるわ」

恭助が頷き、訂正《ていせい》する。

「同じ商店街の住人、響子ちゃんがフランスへ行くので、自分たちもフランスへ行くことにしました」

「なぜ、二人は響子と一緒に行動しなかったのですか？」

真衛門さんが質問した。

「若旦那たちと一緒に、フランス旅行？　――冗談！　絶対にお断り！　視界に入ったら、わたしの必殺ブローが炸裂するわ。若旦那たちも、それがわかったから、一緒に行動しなかったんでしょ」

わたしは叫ぶ。

恭助が訊いた。

「若旦那、その通りですか？」

「フッ」

微かに笑う若旦那。

「大きく間違っている。わたしと宮崎君は、日本を出た段階で役作りに入っていたのだ」

役作り？

「『宇宙刑事エクスレバン』という特撮ヒーロー物のキャラを演じるには、常に宇宙刑事の意識を持って振る舞わなければいけない。ヒーローの第一条件は、自分の正体を知られてはいけないことだ。だから、響子君とは一緒に行動しなかった。それに、陰から響子君を見守るように言われてたからね。それを忠実に守っただけさ」

「見守るって……誰に言われたの？」

「響子君のお父さんだろ。あと、おクマばあさんに恭じいちゃんに――とにかく、顔を合わせる連中みんなに、響子ちゃんを危ない目に遭《あ》わせないように言われたからね」

わたし、自分の旅行準備で精一杯だったからわからなかったけど、みんな、若旦那たちのフランス行きを知ってたのね。

「あれ、マスターは？」

「一緒に来る予定だったんだがね。どうしても外せない仕事があるとかで、不参加だ。そのため、今回『宇宙探偵ミケイヌ』を演じるのは、宮崎君だ」

若旦那に言われ、ヘルメットを被った宮崎さんが決めポーズを取る。

「宇宙探偵ミケイヌ！」

喜ぶ子供たち。

いや、もういいって……。

「でもさ……目的地が一緒なんだもん、声を掛けてくれたらよかったのに」

「もう一つ、みんなから言われてたことがある。恭助君に会いに行く響子君を邪魔するなって。わたしも、馬に蹴《け》られて死んでしまう趣味は無いからね」

肩をすくめる若旦那。

わたしは、何も言わない。

「響子ちゃんが村に来た日、若旦那たちは、いつ村に入ったんですか？」

恭助が訊いた。

「陽が暮れてからだよ。きみたちは、バイクに引っ張られた荷車で移動したから早かったけど、我々は山道を徒歩だ。おまけに、機材も重かったし、村に入ったときにはすっかり暗くなっていた」

若旦那の言葉を、真衛門さんがフランス語に訳して、村の人に伝える。

「暗くなっていたが、我々の熱い映画魂は、燃えさかっていた。わたしと宮崎君は、早速撮影にかかったよ。いい場所をみつけたしね」

いい場所って、アポーさんの家の近くよね。

「どうしてあそこが、いい場所なの？」

わたしが訊くと、若旦那は指をチッチッチと振った。

「スタッフのくせに、響子君はわかってないね。あそこの段がついた崖や住宅造成地のような雰囲気こそ、特撮ヒーロー物を撮るにふさわしい場所じゃないかね」

聞いても理解できない答えを、ありがとうございます。

わたしのゲッソリした顔を無視して、若旦那が続ける。

「いくつかのカットを撮ったのだが、どうしても光量が足りない。スポットライトを持っては来ていたのだが、電源が無い。それで、目についた家にコンセントを借りに行ったのだが――」

そして、若旦那たちが向かったのが、アポーさんの家だったんだ。

わたしは、アポーさんから聞いた話を思い出す。

あのとき、アポーさんは、家の外で「切られる」という声を聞いたと言った。

それは、撮影を始めた若旦那たちの「カーット！」という声だったのだ。

恭助が、若旦那に確認する。

「若旦那は、『コンセント』のフランス語を知ってるのですか？」

「フッ」

片頰で笑う若旦那。

「わたしも、ちゃんと旅行準備はしたのだよ」

若旦那は、『話せるフランス語単語集』という小さな本を出した。

「ここに、『コンセント』という単語は『prise』と書いてある。読みは、『プリーズ』――」

「ところが、『prise』には『とる』という意味もある。だから、アポーさんには『とるぞ』と聞こえたんです。『コンセント』って言いたいのなら、『débouché《デブーシエ》』を使っても良かったのに」

若旦那の耳には、恭助の言葉は念仏……。

つまり、映画撮影のときの「カット」という言葉を「切られる」、「コンセント」の意味で言った「プリーズ」を「とる」と解釈されちゃったわけね。

まったく、外国に行くのなら、もっと外国語を勉強してからにしてよね。（……って、「ありがとう」と「こんにちは」と「どこ？」しか勉強しなかったわたしが言うことじゃないけどね）

若旦那が、肩をすくめる。

「しかし、この村の人間は、まったく物騒だな。ちょっとコンセントを借りに行っただけなのに、猟銃で撃たれるんだから。恭助君、『猿にかみそり』ってことわざ、フランス語でなんと言うんだい？」

若旦那の日本語を、恭助が慌ててフランス語に訳す。

「彼は、『ムスティックに間違えられそうな格好で、アポーさんの家を訪問《ほうもん》したのは、あきらかに自分のミスだった。心の底から反省している』と言ってます」

村の人たちから、拍手が起こる。

若旦那は、なぜ拍手が起きたのかわからないながらも、満足そうにうなずいた。

「それで、その夜は、鍵の掛かってなかった小屋を見つけて夜を過ごしたんだ」

若旦那は、猟師小屋のことを言ってるんだ。

「夜が明けても、すぐに小屋を出なかった。また、猟銃で撃たれたらたまらないからな」

「彼は、『次の日は、猟師小屋の中で大人しく反省していた』と言ってます」

恭助のフランス語に、また拍手が起きる。

「しかし、夜になったときには、また我々の映画魂は燃え上がってきた。『撃つのなら撃て！　正義は、我々にある！』そう思って、小屋を出た。ロケ場所を探して村を歩いてるときに、我々は、最高の場所を見つけたのだ。そこからの夜景は、とても美しく、これを撮らなければ海外ロケに来た意味がないと思えるほどだった」

最高の場所――ムスティックの岩がある丘だ。

美絵留も、あそこからの夜景は最高だと言っていたっけ。

「山の麓に広がる夜景は、宝石をばらまいたカーペットのようで、とても美しかった。満足のいく撮影が出来、わたしと宮崎君は、そばにあった岩に腰を下ろした。すると、地盤が緩《ゆる》かったのか、岩が地面にめりこんだんだ」

「…………」

「しかし、もっと驚いたのは、地鳴りのような音が聞こえてきたことだ。麓への道を見ると、すごい勢いで吹き出した水が道を崩していた。その大がかりな仕掛けに、わたしは感動の涙を流したよ！　今の映画は、CG《シージー》に頼りすぎている。やはり、本物の迫力には心を動かす感動がある！」

ハンカチを出して、涙を抑える若旦那。

「今の言葉で、若旦那たちが、わざと道を崩したのではないということがわかってもらえたと思います。二人とも、道が崩れて大変なことになったと、泣き出したくらいなんですから」

恭助のフランス語と、若旦那の頰を伝う涙を見て、村の人たちは、うんうんとうなずいた。

「その後、我々は広場で撮影を続けることにした。ずいぶん立派な木が目についたのだよ」

……悪魔の木。

どうして、悪魔の木が歩いたのか、それが今、若旦那の口から語られるんだ。

わたしは、若旦那が話すのを待った。

しかし、撮影の苦労話をするばかりで、ちっとも悪魔の木が歩いた話にならない。

しびれを切らしたわたしが訊く。

「木が歩いた話は、どうなってるの？」

キョトンとした顔になる若旦那。

「木が歩く……？　何を寝ぼけたことを言ってるんだい？」

え……？

今の言い方を聞いてると、悪魔の木が歩いた話に、若旦那たちは関係してないの？

「じゃあ、納骨堂の棺が動いたのは？」

「納骨堂……？」

首をひねる若旦那。

「それは、どこにあるんだい？」

わたしは、足下を指さす。

「礼拝堂《ここ》の地下」

「そこの棺が動いたというのかい？　不思議な話だね」

しみじみと言う若旦那。

わたしは、わけがわからない。頭の中で、『？』がグルグル回る。

恭助を見る。

ルビーのように丸い瞳。どうやら、恭助には全てわかってるみたいね。

「ジャン君――」

恭助が、ジャン君を見る。

「きみは、どうして悪魔の木が歩いたと考えたんだい？」

「それは……窓から、いつもは見えない悪魔の木が見えたから」

「どうして、いつもは見えないんだい？」

「礼拝堂が邪魔なんだ」

「礼拝堂？」

口を挟んだのは、若旦那だ。

「礼拝堂というのは、この建物のことかね？」

それを確認してから、首をひねる。

「ややこしい話だな。あの夜、この建物は建ってなかったが――。あっという間に、この建物が建ってるのでわたしは驚いたんだ」

礼拝堂が、建ってなかった？

みんなの視線が、恭助に集まる。

「そう、あの夜、広場に礼拝堂は無かったのです。だから、ジャン君には、悪魔の木が歩いたように見えた」

「じゃあ、礼拝堂が歩いたの？」

このジャン君の言葉に、恭助は首を横に振った。

そして、

「礼拝堂は、歩いてないよ。礼拝堂は、地下に潜ったんだ」

驚くようなことを言った。

それって……どういうこと？

「ムスティックの岩は、大量の水で道を崩し、村を守る装置です。しかし、ゆっくり水を出していたら、道は崩れません。道を崩すためには、大量の水を一気に流す必要がありま す。その水は、どこに溜められているか？」

そう言って、恭助は指を足下に向けた。

「地下……納骨堂に水を溜めてるの？」

わたしが言うと、

「違うよ、響子ちゃん。水は、礼拝堂の下の空間に溜められてるんだ」

壁にかけられた黒板に、恭助は簡単な図を描く。

水平に一本の線——これが、地面だろう。

その線の下に、円柱状の穴を描く。そして、穴に栓《せん》をするように、礼拝堂の建物。

礼拝堂を挟んで、ジャン君の家と悪魔の木を描く。

「普段、この穴には山からの湧き水が溜められています。ムスティックの岩を動かすと、この水が一気に流れ、礼拝堂は沈みます」

そういえば、その夜に、ジャン君がズグゴゴ……という音を聞いている。あれは、礼拝堂の地下に溜められていた水が、流れ出した音だったんだ。

恭助が、礼拝堂の絵を消した。

ジャン君の家から、悪魔の木を遮る物は、何もない。

「この後、また湧き水が穴に溜まり、礼拝堂を押し上げます」

「ちょっと待った！　礼拝堂は、船じゃないんだ。そんなにうまく、押し上げられるかね？」

村長さんの質問だ。

「ああ、描くのを忘れてました」

恭助が、礼拝堂とその下に、半円形を描き加える。

「この部分が浮きの役目をして、礼拝堂を押し上げます」

半円形の内部をチョークで塗りつぶす恭助。

「まるで見てきたように言うが、確証はあるのか？」

そう訊かれ、恭助はうなずく。

「見てはいませんが、おそらく間違ってないと思います」

そして、村のみんなに訊いた。

「みなさんは、ムスティックが敵の兵士を煮て殺したという大釜が、どこにあるか知ってますか？」

〈通常時〉

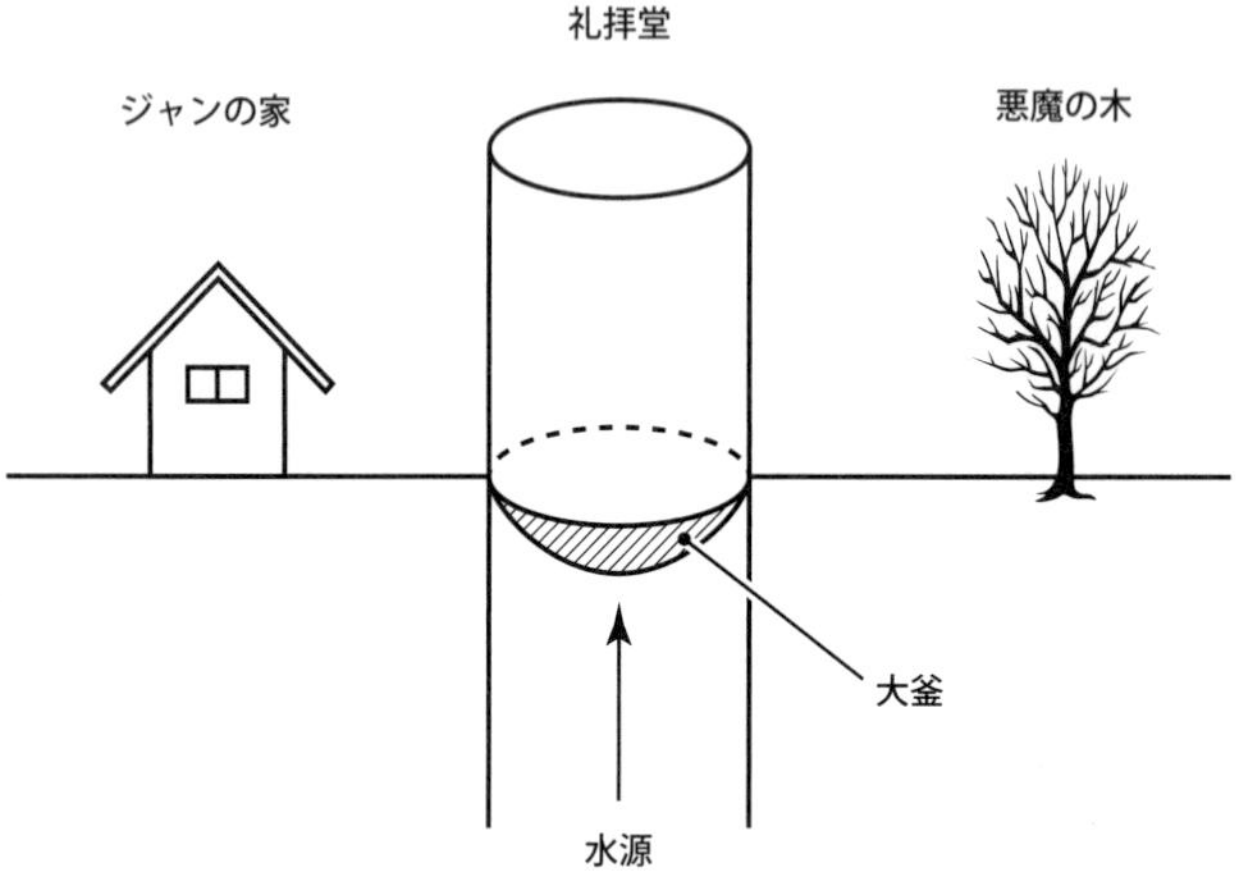

〈ムスティックの岩を動かした時〉

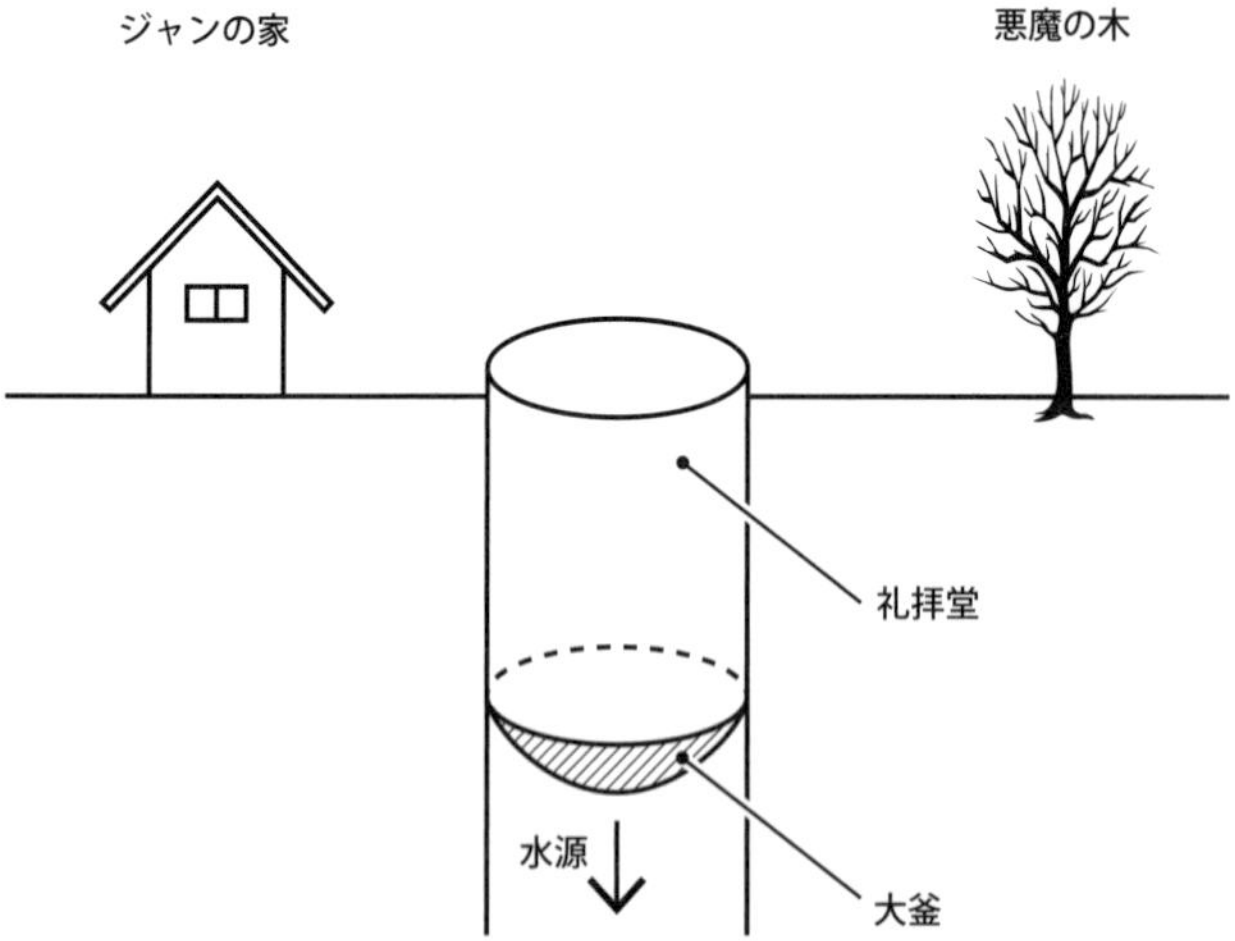

誰も、手を挙げない。

恭助は、浮きの部分を示す。

「誰も知らなくて当然です。大釜は、この礼拝堂の下に、〝浮き〟として使われてるのですから」

「…………」

みんな、何も言わず恭助の話を聞いている。

「続いて、納骨堂の棺が動いた謎ですが――もう、話さなくてもわかりますね」

わたしたちは、うなずいた。

礼拝堂が沈むとき、まったく揺れないとは考えられない。

わたしは、嵐の中の小舟をイメージした。船が揺れるたびに、船の中のものが、右に左に飛び回る。

同じように、棺も動いたのだろう。

二回目、礼拝堂に入った時を思い出す。

あのとき、前の日には落ちてなかった棒があった。あれも、棺と同じように動いたのだろう。

「恭助、質問があるんですが――」

宗國さんが、手を挙げた。

「棺が動いたのは、理解できました。しかし、あの棺の中に、遺骸《いがい》が無かった。遺骸は、どこに消えたんだね」

「最初から、棺に遺骸は入っていなかったと考えられます」

恭助が言う。

続けて訊こうとする宗國さんを手で制し、

「どうして入っていなかったのか？　遺骸はどこに行ったのか？　――それらの謎は、ぼくにはわかりません。それを解明するには、過去、この村で何が起きたかを、もっと知らなければなりません」

「…………」

「過去、この村で哀しく不思議な出来事が起こったのは事実です。それらの謎を、合理的に説明することは、ぼくにはできません。でも、いつか、謎を解き明かす者がでてくるでしょう」

恭助の言葉を聞いて、わたしの頭に巧之介さんが浮かぶ。

あっと、まだ悪魔の木に関して、わからないことがあったんだ。

「あのとき、雪面に十円玉くらいの穴が残ってたけど……。あれは、なんなの？」

すると、若旦那がフッと笑った。

「ヒーロー物は、スピード感や臨場感《りんじょうかん》を出すために、カメラを手持ちで撮影する場合が多い。しかし、それだけだと観客はあきてしまう。じっくりカットを見せるためには、三脚でカメラを固定し、撮影するものだよ」

そうか……あれは、三脚の跡だったのか……。

言われてみたら、残っていた穴の数は、全て三の倍数だ。

ああ、疲れた……。

恭助が、若旦那と宮崎さんを見る。

「悪魔の木の前で撮影した後、お二人はどうしたんですか？」

「恭助君に会おうと、城に行ったんだよ。やはり電源が無いと、夜間撮影ではキツイからね。なんとかしてもらおうと思ってさ」

宮崎さんが言った。

続いて、若旦那が胸を張る。

「フランスにいても、恭助君が我がスタッフであることに変わりない。スタッフと言えば、子も同じ。子供が親を助けるのは、当然だろう」

……つきあいは選ばないといけない。わたしは、つくづく思った。

あれ？　城に来たって言ってるけど、

「本当に、城に来たの？　わたしも恭助も、会ってないけど」

わたしが訊くと、若旦那はうなずいた。

「きみたちに会う前に、女の子に会ったんだ。その子が、自家発電装置や食料を用意してくれてね。早速、フランス人スタッフ第一号に指名したよ」

女の子……美絵留か！

わたしは、美絵留を見る。そっぽを向いて、口笛をふいている美絵留。惚《とぼ》けやがって！

「じゃあ、若旦那たちは、ずっと城にいたんですね」

恭助が訊いた。

「ああ、その通り」

「どうして、ぼくたちに声を掛けなかったんです？」

「美絵留君という優秀なスタッフがいたからね。わざわざ、きみたちに声を掛ける気になれなかったんだよ」

「…………」

撮影に使える人間と使えない人間――これが、若旦那の分け方だ。

「それにしても、よく美絵留が、若旦那たちに食料をあげたり、自家発電装置を貸したりしたわね」

「恭助君は、わたしの息子のようなものだと言ったら、とても好意的だったよ」

なるほど、そこか……。

わたしは、『将《しょう》を射《い》んと欲《ほっ》すればまず馬を射よ』という言葉を思い出す。

「美絵留、少しは反省しなさい」

真衛門さんが、厳しい声で言った。

途端に、美絵留が泣き出しそうな顔になる。やっぱり、お兄さんに怒られるのは、応《こた》えるみたいだ。

「だってあの日、城に帰ったら、恭助の様子がおかしいんですもん……。てっきり、響子と二人でいるときに、日本へ帰る話がまとまったんだと思って……」

様子がおかしかった……?

美絵留の話を聞いて、わたしは記憶をさぐる。そういえば、あの日は、巧之介さんからムスティックの夢の話を聞いたんだった。

なるほど。あのときのフワフワした感じを、美絵留は、日本へ帰る決心をしたからだと判断したのね。

フッ、なかなかかわいいじゃない。

……って、ちょっと待てよ。

わたしは、部屋の前の廊下が濡れていてスノーブーツが湿っていたことを思い出した。

「あれは、わたしが疑われるように、美絵留が仕組んだことなのね!」

「ごめんなさい、響子。ムスティックの正体があなただとわかったら、恭助が、あなたと別れると思ったものですから……」

そこまで言って、ヨヨと泣き崩れる美絵留。ずいぶん芝居がかってるじゃない。わたしには、あんたが被った猫が、楽しそうにシッポを振ってるのが見えてるけどね!

「兄のぼくからも謝ります。美絵留を許してやってください」

真衛門さんが、頭を下げた。

このとき、わたしはわかった。武道の達人でも、被った猫は見えないんだ。

謝る真衛門さんの後ろで、美絵留の被ってる猫が「にゃあ?」と鳴いた。

この娘《こ》とは、いつか決着つけないといけないわね。

「それにしても、昨夜のシーンは残念だった」

若旦那が呟く。

「ロケに出てみると、松明を持った村人が、恭助君と対峙《たいじ》してるじゃないか。我々のロケを聞きつけた村の人が、エキストラとして参加しようとしてるのだと判断したね」

なんという判断ミス。

「シーンは、悪い宇宙人に乗っ取られた恭助君たちを、村の人たちが追いつめてるところ。早速、我々も撮影に参加したよ」

あれ……撮影じゃなかったんだけどな……。若旦那には、あのときの緊迫《きんぱく》した空気が、どうしてわからなかったんだろう。

そう考えて、答えが出た。

空気が読めるような人なら、こんな騒ぎは起こしてないか……。

若旦那が続ける。

「わたしは、スポットライトの中に登場した。演出としては、助けに現れた宇宙刑事に、村の人たちが歓声をあげるという画像《え》が欲しかったのだが、まさか村人が、悲鳴をあげて逃げるとは思ってなかったよ。まぁ、素人《しろうと》のエキストラだから、高度な演技を要求しても無理だろうがね」

やれやれと肩をすくめる若旦那。

わたしは、若旦那の日本語が村の人に通じてないことを、心の底から感謝する。

「今回のムスティック騒動は、非常識な日本人の行動が生んだものです。同じ日本人として、心の底からお詫び申し上げます」

恭助が、村の人たちに頭を下げる。

「なんて言ったんだい？」

若旦那の素朴な疑問。

「村の人たちに、これからも映画撮影に協力してくれるように、お願いしたんです」

しゃあしゃあとした顔で、恭助が言った。

「ふむ、すまないね」

満足そうに、顎をなでる若旦那。

「じゃあ、監督としての所信表明をしておこうか」

若旦那が、恭助を押しのけ、村人の前に立った。

「自己紹介が、まだでしたね。陽炎村のみなさん、わたしの名は若旦那。若旦那というのは、字《あざな》だ。それにしても、みなさんは幸運だ。わたしの映画制作に協力できるのですからね」

不敵に笑う若旦那。

恭助は、若旦那の言葉を無視して、フランス語で一生懸命謝罪する。

『今回の騒動を反省し、心を入れ替えて今後の人生を生きていくことを誓います』――そう言って、彼は涙を流してます」

「不敵に笑ってるように見えるぞ」

村長さんの言葉に、

「それは誤解です」

と、苦しい言い訳をする恭助。

若旦那が、拳を握りしめ、力説する。

「世界は、完成されねばならない。それは、神から与えられた崇高な使命とも言えるだろう。与えられたのは、誰か？」

ここで、若旦那は自分を指さした。

「もちろん、それは神に選ばれた者――わたしだ！」

「『今回の責任は、全てわたしにある！』と、彼は言ってます」

恭助が溜息をつきながら、訳し終えた。

謎解きより何より、若旦那の言葉を訳す方が疲れたことだろう。

若旦那は、恭助と交代し、満足げに椅子に戻った。

恭助は、若旦那と宮崎さんを手で示す。

「さて、今回の騒動の責任の取り方を提案させていただきます。とにかく、原因は、すべて若旦那と宮崎さんにあります。道の復旧作業は終わってますが、他に何か作業はありませんか？　好きなように、こきつかってください」

うなずく、村の人たち。

若旦那と宮崎さんは、フランス語がわからないので、キョトンとした顔をしている。

「何を言ったんだい、恭助君？」

「お二人が映画撮影を続けるため、村に残ることを認めてくださいって言ったんです。みんな、うなずいてましたよ」

「そうか。それはありがたい」

若旦那が立ち上がり、みんなに向かって手を振った。

「よろしく頼むよ！」

もちろん、日本語だ。

恭助が、フランス語で言う。

「彼は、『村のために、一生懸命頑張ります』と言ってます」

若旦那と宮崎さんが、決めポーズを取る。

「宇宙刑事エクスレバン！」

「宇宙探偵ミケイヌ！」

子供たちを中心に、村の人たちから歓声が起きた。

今の若旦那は、ロケ地で歓迎を受ける大監督の気分だろう。

恭助が、村長さんに言う。

「作業の合間には、フィルムを回させてあげてくださいね」

村長さんが、親指をグッと突き出し、ウィンクした。

ENDING

フランス→日本

全ての謎解き

今、こうして日本へ向から飛行機に乗ってると、フランスにいたときのことが、全て夢の中の出来事みたいに思えてくる。

真衛門さんたち、ミリリットル家の人。

陽炎城に陽炎村。

ムスティックの夢。

——みんな、現実に起こったことじゃないような気がする。

でも、隣の席に恭助が座ってるのは、夢じゃない。現実だ。


謎が全て解かれ、わたしが村を離れるとき、恭助も荷造りした。

恭助が日本に帰ることを告げると、美絵留は泣きわめいた。宗國さんは、美絵留をなだめるのに必死。

巧之介さんに挨拶に行くと、彼は部屋にいなかった。真衛門さんの話によると、村のあちらこちらを調べてるんだって。

過去に起きた事件を、自分で調べてるそうだ。

主のいない部屋に立つ恭助。

「巧之介さんに別れの挨拶できなくて、寂しい？」

わたしが訊くと、

「いいよ。またいつか、会えるような気がするしね。……会いたくはないけど」

複雑な表情で、そう答えた。

そして、わたしたちは陽炎城を後にした。

一緒に帰ろうと言ったわけじゃない。それでも、恭助は日本へ帰ると言った。

「どういう心境の変化？」

わたしの質問に、

「別に……。久しぶりに帰ろうかなって思っただけだよ」

恭助は、そう答えた。

なんでもいい。恭助が、こうして帰る気になったんだから。


「う〜ん……」

眠っていた恭助が、アイマスクを外した。

あたりをキョロキョロして、自分が飛行機の中にいることに気づいたみたい。その様子は、まるで猫だ。（ちなみに、ナイトはペット用の貨物室で空の旅を楽しんでいる）

「あと、何時間？」

わたしは腕時計を見る。

「四時間くらいかな」

「ふーん……」

大きく伸びをする恭助。

「飛行機の中って、わりと退屈だね」

座席に着いてすぐ一通りパネルを操作し、映画にも興味を示さなかった恭助は、アイマスクをすると眠ってしまった。

他の席を見回すと、ほとんどの乗客が、眠っている。

自然、わたしたちの会話も小さな声になる。

「ムスティックの件に関係ないから、村の人たちには言わなかったけど、いくつか気づいたことがあるんだ」

え？

恭助が、わたしの顔を見る。

「どうして、由美子さんはフランス旅行の権利を響子ちゃんに譲ったか？」

あれ？　それって、答えが出てなかったっけ？

「わたしがフランスに行きたがってるのを知ったから」

恭助が、うなずく。

でも、その目は、まだ答えを要求してる。

「えーっと……由美子さんが、優しいから？」

「うん、それもあるだろうね」

恭助は、まだ、わたしから目をそらさない。

そして、言った。

「果たして、それだけかな？」

「…………」

彼の丸い目に見つめられ、わたしは何も言えない。

「今から、長旅のお供に、おまけの謎解きをしてあげるよ」


「全ての謎に気づいたのは、響子ちゃんの言葉のおかげなんだ」

わたしの言葉？

「猟師小屋の前で、村の人たちに迫られたとき、響子ちゃん、ピラニアの川を渡るとき牛を放す話をしただろ」

ああ、思い出した。確かに言ったけど、あんな話で、なんの謎が解けるの？

首をかしげるわたしに、恭助が指を二本伸ばす。

「ピラニアが誰で、牛が誰か――これを考えたらいいのさ」

ピラニア？　牛？

わたしには、わけがわからない。

だから、わたしは両手を上げて降参のポーズ。

魔術師《マジシャン》の謎解きを聞かせてもらおうじゃないの。

「響子ちゃんは、いっぱい日本の話をしてくれた。その中に、『ＦＡＤＥ ＩＮ』に行ったとき、由美子さんが何か悩んでいたようだって言った」

「うん」

「話を聞いて、由美子さんは新婚旅行に行けるかどうかで悩んでいるんだと思った。でも、そうじゃなかったんだ。悩んでいたのは、夫の悪い友人たちのことだった」

夫というのは、マスターのことだ。その悪い友人というと、若旦那と宮崎さん……。

「新婚旅行に行けば、必ず若旦那と宮崎さんがついてくる——由美子さんは、そう思った。だから、下手に旅行の行き先を決めることができなくて悩んでいたのさ」

わたしは、恐怖に体が震える。

旦那様との楽しい新婚旅行。なのに、もれなく若旦那と宮崎さんがついてくるなんて……。

これって、ムスティックの夢以上に怖くない？

「だから、フランス旅行を響子ちゃんに譲って、若旦那たちを響子ちゃんに押しつけたってわけ」

なるほど。

若旦那たちというピラニアを何とかするために、わたしという牛を放ったわけね。

わたしは、心の中で、「モー」と鳴いた。

「賭《か》けてもいいね。今頃由美子さんたちは新婚旅行に出かけてるはずだよ。フランスから遠い、ハワイとかオーストラリアとか――」

うん、わたしもそう思う。

「そうか……。今回の騒動の黒幕は、由美子さんだったのか」

すると、恭助は指をチッチッチと振った。

「実はね……」

言いにくそうに恭助が口を開いた。

「響子ちゃんの話を聞いて、時間順に整理してみたんだ。すると、一人の人間が浮かび上がってきた」

「え？」

驚くわたし。

恭助の丸い目が、光を放つ。

「恭じいちゃんだよ」

「響子ちゃん、高校の図書室でフランスの伝説が載った本を読んだって言ったよね」

「うん。同時に恭助のフランスからの手紙を見たから、シンクロナイズドスイミングだと思った」

「……そのシンクロニシティだけど、本は、虹北堂にもあったろ？」

「うん。二週間ぶりに行ったら、置いてあった」

「それは、響子ちゃんに読ませようと、恭じいちゃんが目につきやすい所に置いたんだよ」

「つまり……図書室で見つけなくても、虹北堂で読むことになっていたってこと？」

恭助がうなずいた。

「どうして、恭じいちゃんは、本を読ませようとしたの？」

「響子ちゃんをフランスに行かせるためだよ」

わたしを……？

「正確には、響子ちゃんにひっつけて、若旦那たちを陽炎村に送り込みたかったのさ」

えーっと……。

わたしは、話の展開についていけない。

恭助が続ける。

「若旦那たちが陽炎村に行けば、必ず映画撮影を行う。彼らの撮影は、必ずと言っていいほど、問題を起こす。現に、今回、ものすごい騒ぎになった。——恭じいちゃんが、ここまでの騒ぎを予測してたかは、謎だけどね」

わたしの頭の中に、恭じいちゃんが現れる。

恭助と似た、猫のように細い目。いい歳して、いたずらっ子みたいな人……。

「由美子さんが福引きの特等を当てたのは、偶然だよね。もし、特等を当ててなかったら、恭じいちゃんはどうしたの？」

「そのときは、恭じいちゃんのことだから、他の手を考えただろうね」

まったく、魔術師《マジシャン》の祖父《ジッチャン》は……。

わたしは、深い溜息をついてから訊いた。

「いったい、恭じいちゃんの目的はなんだったの？」

「ぼくを日本に戻したかったんだよ」

「…………」

「若旦那たちがフランスに来て、大騒ぎになった。そしてぼくが謎を解いた。正確に言うと、若旦那たちは、大騒ぎを起こさせられた。ぼくは、謎を解かされた。すべて、恭じいちゃんの思惑の通りにね」

「…………」

「ぼくは、事件を解決すると、その土地を去りたくなる。現にこうして日本行きの飛行機に乗っている」

恭助が、頭の後ろで腕を組む。

「ここまで手のひらで踊らされると、かえって気持ちいいよ。――というわけで、帰ることにしたのさ」

そのとき、恭助の向こう側から、大あくびが聞こえた。

「あれ？　恭助も響子も、寝ないんですか？」

恭助の隣で眠っていた真衛門さんが、大きく伸びをする。

どうして彼が日本行きの飛行機に乗っているのか？

それは、掘り出し物のお城を探しに行くのと、本物の日本蕎麦を手に入れるためだ。

「実はもう、目をつけてる物件があるんです」

うれしそうに、真衛門さんがガイドブックを広げる。

目にも眩しい金閣寺《きんかくじ》の写真。

「ねっ、いいでしょ！　この城を第一候補にしてるんです」

あの……真衛門さん。それ城じゃなくて、お寺だよ。

「じゃあ、これなんかどうです。さっきのと違って、地味すぎるぐらい白いんですがね」

今度見せてくれたのは、白鷺城《しらさぎじょう》の写真だった。

えーっと、白鷺城って、国宝よね。国宝って、不動産屋さんに行っても売ってもらえないんじゃないかな……。

考え込むわたしの横で、恭助が言った。

「白鷺城は、世界遺産でもあるよ」

……このフランス人に、いろんな常識を覚えてもらうのには、かなり時間がかかりそう。

でも、まぁ、いいや。

恭助が帰ってきた。フランス人の真衛門さんをつれて――。

また、虹北商店街が賑《にぎ》やかになりそう。

うん、楽しみだ。

みなさんにお知らせするような、おもしろい事件に出逢ったら、また報告するからね。
じゃあ！

おまけ

……って、忘れてた！

「恭助、福引きのガラガラって、なんて名前なの？」

すると、恭助が面倒くさそうに紙に字を書いてくれた。

『新井式回轉抽籤器』

……ダメだ、漢字が読めない。

To Be Continued☞

講談社ノベルス版あとがき

どうも、はやみねかおるです。
講談社ノベルス愛読者のみなさま、ご無沙汰しております。
久しぶりの『少年名探偵　虹北恭助の冒険』です。

☆

このシリーズは、今までに四冊出版されています。
『少年名探偵　虹北恭助の冒険』（2000年7月刊）
『少年名探偵　虹北恭助の新冒険』（2002年11月刊）
『少年名探偵　虹北恭助の新・新冒険』（2002年11月刊）
『少年名探偵　虹北恭助のハイスクール☆アドベンチャー』（2004年11月刊）
本書は、中学生編にあたる『新・新冒険』と高校生編の『ハイスクール☆アドベンチャー』の間の物語です。
先に、シリーズ最終作の『ハイスクール☆アドベンチャー』が出ているため、ややこしい形になりましたが、本書でシリーズ完結です。

☆

シリーズ第一作目「虹北みすてり商店街」が小説現代臨時増刊号『メフィスト』に載ったのが一九九九年の五月。考えてみたら、十年も前になります。このときの恭助は小学校五年生で、講談社ノベルス史上最年少でした。ちなみに、「虹北みすてり商店街」という題名をつけてくださったのは、清涼《せいりょう》院流《いんりゅう》水《すい》先生です。清涼院先生、ありがとうございました。

そして、恭助たちが小学校を卒業する「卒業記念」を書き、最後の謎解きをした恭助が旅に出て、めでたしめでたし。シリーズは終了する予定でした。

それがなぜ、中学生編につながったのか？

記憶の引き出しを開けようとすると、何か怖いものが出てきそうなので、思い出さないようにします。

☆

で、中学生編です。

外伝を含め、全部で五本の話を『メフィスト』に載せていただきました。

なんといっても、主人公の恭助が旅に出ています。その状況で話を書かなくてはいけないのですから、苦労しました。

おまけに、若旦那たち〈燃える一介の映画人〉が出しゃばりはじめ、恭助の影はますます薄くなるし……。

それでも、『メフィスト』掲載の五本の中から選んだ四本と書き下ろしの一本をくわえ、

『少年名探偵　虹北恭助の帰還』にしたかったのですが、二冊になりました。題名には、『新』と『新・新』がつきました。

なぜ、このようなことになったのか？

記憶の引き出しを開けようとすると、何か怖いものが出てきそうなので、思い出さないようにします。ただ、太田《おおた》さんの「『マイ・ファースト・講談社ノベルス！』っすよ！」という声が、頭の中で響き渡ってます。

☆

「もし次を書くのなら、フランス編がいいな」

そんなことを考えてたとき、月刊誌での漫画化の話がありました。ぼくは、てっきりシリーズ一冊目を漫画にしていただけると思っていたのですが、新作書き下ろしでした。しかも、小学生や中学生の恭助ではなく、高校生の恭助……。

というわけで、本作を書く前に、高校生編ができあがってしまったのです。

☆

さて、長らく日の目を見なかったフランス編です。

日の目を見なかった理由は、さっきも書きましたが、先に高校生編を書いたことと、もう一つ——プロットなどを書いたノートが行方不明になっていたからです。

昨年末、ノートも無事に見つかり、「よし、これでフランス編が書けるぞ！」と気合いが入ったのも束の間、ぼくの顔は、青ざめました。

「これでは、『少年名探偵　虹北恭助の冒険』じゃなく、『中年映画人　若旦那御一行様の冒険』だ……」

ノートに書かれていたプロットでは、フランス旅行の福引きを当てたのは若旦那。その若旦那に、新婚旅行を兼ねたマスターと由美子さん、イラストの勉強をしに宮崎さん、お目付役として響子ちゃんが同行することになってました。

そして、御一行様は、恭助が居候してるミリリットル家の城に行きます。そこで、人が消える事件や城に伝わる童謡を解読し、宝物を手に入れるという展開です。

主に動くのは、若旦那たちとミリリットル家の人々で、恭助の出番はほとんどありません。

露出オーバーの写真くらい、恭助の影は薄くなってます。

これではいけないと思ったぼくは、もう一度プロットを練り直しました。

恭助は、主人公として活躍できていたでしょうか？

☆

舞台となったフランス陽炎村《かげろうむら》について、少し書かせてください。

この二十年でたくさんの物語を書かせていただきました。

その中に、『夢水清志郎《ゆめみずきよしろう》事件ノート』シリーズがあります。そのシリーズの大江戸編には、夢水清志郎のご先祖様にあたる夢水清志郎左右衛門《ざえもん》が登場します。彼が十九世紀末に訪れるのが、陽炎村です。

また、他にも『怪盗クイーン』というシリーズがあります。年齢も性別も不明な怪盗クイーンが活躍する物語です。このクイーンは、夢水清志郎左右衛門と一緒に陽炎村に来た〝風〟と〝武〟の子孫です。

今、ぼくの頭の中に、書きたい話が二つあります。

一つは、本作中で軽く紹介させていただいた、十九世紀末の陽炎村の話。

もう一つが、かつて天才と呼ばれ、ムスティックに妖術を教えた男をめぐる話。

なんとか、近いうちに書く機会があればいいなと思います。

☆

それでは、最後に感謝の言葉を——。

『『メフィスト』で書いてみないか』と声をかけてくださった、宇山《うやま》さん。本当にありがとうございました。シリーズの全てを読んでいただけなかったのが、ものすごく残念です。宇山さんのおかげで、大人向けの媒体で書く難しさや楽しさを知ることができました。

シリーズ開始当初の担当、太田さん。初めてお会いしたときは、まだまだお兄さんだった太田さんも、今ではいい歳のおじさんになりましたね。ぼくも、人のことは言えませんが……。「〝健康より原稿〟っすよ！」の名言を、ありがとうございました。今度の仕事、若かったときのことを思い出して、楽しみましょう！

現担当の岡本《おかもと》さん。本当にお世話をおかけしました。岡本さんのアドバイスのおかげで、なんとか救われました。

やまさきもへじ先生。長い間、恭助たちの成長を描いていただき、本当にありがとうございました。やまさき先生のイラスト、ぼくは大好きです。書くのがしんどくなったときでも、「書き上げたら、やまさき先生の絵をつけてもらえるんだ」と思うと、頑張ることができました。またいつか、一緒にお仕事してください。

奥さんと二人の息子——琢人《たくと》と彩人《さいと》へ。奥さん、法月《のりづき》先生との対談で名古屋へ行ったのを覚えてますか？　宇山さんや太田さんに、初めて会ったときです。あのとき、琢人をおんぶしていったのですが、その琢人も中学一年生。さすがに、おんぶできません。そして、彩人が生まれたのが、「卒業記念」の〆切の翌日。ゴールデンウィーク最後の日に書き終え、明け方に奥さんを伊勢の産婦人科まで送り、戻ってきて土曜日午前中の授業。授業が終わってすぐに伊勢まで行き、十五分後に彩人は生まれました。その彩人も、小学三年生です。ぼくらも歳をとるはずです。

そして、恭助と虹北商店街のみんなの話を読んでくださった読者のみなさま、本当にありがとうございました。初めての『メフィスト』という大人向けの媒体での連載——不安ばかりでしたが、たくさんのみなさまが応援してくださったおかげで、なんとか書き続けることができました。心の底からお礼申し上げます。

☆

さて、虹北商店街のシリーズも一段落。また、別の物語でお目にかかりましょう。

それまでお元気で。

では！

Good Night, And Have A Nice Dream.

新装版あとがき

どうも、はやみねかおるです。

小学生から中学生、そして高校生——。恭助も響子ちゃんも、大きくなりました。そして、kappeさんの描いてくださる二人も成長しています。(ナイトもね)

☆

本書は、今から十五年前に出版されました。これほど昔の話だと、正直な話、内容を全く覚えていません。

だから、とても新鮮な気持ちでゲラチェックをすることができました。覚えていたのは、フランスの陽炎村で事件が起こるということぐらいです。……題名を見たら、想像できることですけどね。

当時、携帯電話はぼくでも持っていましたが、スマートフォンは今ほど普及していませんでした。というわけで、二つとも登場していません。

現代に合わせて書き直そうかなと思いましたが、登場させない方が緊迫感が生まれるので止めておきました。

☆

ぼくの書く物語は、全て「赤い夢」の世界です。だから、違うシリーズなのに舞台が同じだったり、登場人物がゲスト出演したりします。

そして、六十五歳までに、その世界を明確にする予定です。明確にするためには、いくつかのポイントがあります。その一つが『陽炎村』です。

読み返してわかったのですが、陽炎村に関して重要なことの半分くらいは書いてあります。（本当は、もう少し書いておきたかったことがあるのですが、物語のバランス的に、これで良かったのだと思います）

今後、『陽炎村』の謎については、〈怪盗クイーン〉のシリーズで明らかになっていきます。十五世紀半ばと十九世紀末の『陽炎村』——。そして、ムスティックに妖術を教えた男の話を書きたいと思います。

☆

シリーズをまたいでキャラクターが登場したりしますが、ミリリットル巧之介が出てくるのは、本書だけです。

彼については、別シリーズを考えていました。

日本の高校で、ずっと校舎に住みついている〝謎の怪人〟のような存在。執事に生活の面倒を見てもらい、学校で起こる事件を解決するミステリーです。

細かい設定まで考えていたのですが、いろんな事情で不可能になりました。でも、このまま〝お蔵入り〟してもらうには惜しいキャラなので、そのうち、どこかのシリーズに顔を出すかもしれません。

☆

では、最後に感謝の言葉を――。

今回も、たいへんお手数をおかけしました星海社の丸茂智晴さん。本当にありがとうございました。

講談社ノベルス版で担当してくださった岡本さん。本当にありがとうございました。もし岡本さんのアドバイスが無かったらと考えると、怖くなります。

イラストを描いてくださったkappeさん。ありがとうございました。成長していく二人を見せていただくのが、とても楽しみです。

奥さんと、二人の息子――琢人と彩人へ。当時、小学校三年生と中学校一年生のきみたちが、今は小学校の先生ですか……。ぼくも奥さんも、年を取るはずです……って、ノベルス版のあとがきでも書きましたね。

そして、読者の皆様――。虹北商店街をご愛顧いただき、ありがとうございます。

☆

次は、いよいよシリーズ最終巻。書き下ろし短編をつける予定です。すみませんが、最後までおつきあいください。

それまで、お元気で。

Good Night, And Have A Nice Dream.

本書は、『虹北恭助の冒険　フランス陽炎村事件』（講談社ノベルス、２００９年）を底本とし、再編集して出版したものです。

使用書体
本文――――A P-OTF 秀英明朝 Pr6N L＋游ゴシック体 Pr6N R〈ルビ〉
柱――――A P-OTF 凸版文久ゴ Pr6N DB
ノンブル――ITC New Baskerville Std Roman

星海社
FICTIONS
ハ5-04

少年《しょうねん》名探偵《めいたんてい》 虹北《こうほく》恭助《きょうすけ》の冒険《ぼうけん》
フランス陽炎村《かげろうむら》事件《じけん》 新装版《しんそうばん》

2024年9月17日　第1刷発行　　定価はカバーに表示してあります

著　者 ———— はやみねかおる

発行者 ———— 太田克史《おおたかつし》
編集担当 ———— 丸茂智晴《まるもともはる》

発行所 ———— 株式会社星海社
〒112-0013 東京都文京区音羽 1-17-14 音羽 YK ビル 4F
TEL 03(6902)1730　FAX 03(6902)1731
https://www.seikaisha.co.jp

発売元　株式会社講談社
〒112-8001 東京都文京区音羽2-12-21
販売 03(5395)5817　業務 03(5395)3615

印刷所 ———— TOPPAN株式会社
製本所 ———— 加藤製本株式会社

ISBN978-4-06-536025-5　N.D.C.913 332p 19cm　Printed in Japan

SEIKAISHA

星々の輝きのように、才能の輝きは人の心を明るく満たす。

その才能の輝きを、より鮮烈にあなたに届けていくために全力を尽くすことをお互いに誓い合い、杉原幹之助、太田克史の両名は今ここに星海社を設立します。

出版業の原点である営業一人、編集一人のタッグからスタートする僕たちの出版人としてのDNAの源流は、星海社の母体であり、創業百一年目を迎える日本最大の出版社、講談社にあります。僕たちはその講談社百一年の歴史を承け継ぎつつ、しかし全くの真っさらな第一歩から、まだ誰も見たことのない景色を見るために走り始めたいと思います。講談社の社是である「おもしろくて、ためになる」出版を踏まえた上で、「人生のカーブを切らせる」出版。それが僕たち星海社の理想とする出版です。

二十一世紀を迎えて十年が経過した今もなお、講談社の中興の祖・野間省一がかつて「二十一世紀の到来を目睫に望みながら」指摘した「人類史上かつて例を見ない巨大な転換期」は、さらに激しさを増しつつあります。

僕たちは、だからこそ、その「人類史上かつて例を見ない巨大な転換期」を畏れるだけではなく、楽しんでいきたいと願っています。未来の明るさを信じる側の人間にとって、「巨大な転換期」でない時代の存在などありえません。新しいテクノロジーの到来がもたらす時代の変革は、結果的には、僕たちに常に新しい文化を与え続けてきたことを、僕たちは決して忘れてはいけない。星海社から放たれる才能は、紙のみならず、それら新しいテクノロジーの力を得ることによって、かつてあった古い「出版」の垣根を越えて、あなたの「人生のカーブを切らせる」ために新しく飛翔する。僕たちは古い文化の重力と闘い、新しい星とともに未来の文化を立ち上げ続ける。僕たちは新しい才能が放つ新しい輝きを信じ、それら才能という名の星々が無限に広がり輝く星の海で遊び、楽しみ、闘う最前線に、あなたとともに立ち続けたい。

星海社が星の海に掲げる旗を、力の限りあなたとともに振る未来を心から願い、僕たちはたった今、「第一歩」を踏み出します。

二〇一〇年七月七日

星海社　代表取締役社長　杉原幹之助
代表取締役副社長　太田克史